홀로
서는
시간

홀로 서는 시간

발행	2022년 03월 18일
저자	김재식
펴낸이	한건희
펴낸곳	주식회사 부크크
출판사등록	2014.07.15.(제2014-16호)
주소	서울 금천구 가산디지털1로 119 SK트윈테크타워 A동 305-7호 부크크
전화	1670-8316
E-mail	info@bookk.co.kr
ISBN	979-11-372-7746-5

www.bookk.co.kr

홀로
서는
시간

| 김재식 지음 |

CONTENTS

모든 무명, 보통사람들과 이 마음을 나눕니다

"저...누구신지?"

나는 무명이다. 길에 내다놓아도 아무도 아는 체 하지 않는,

그래서 가끔 마음이 아프다. 그래도 평생 기죽지 않고 버티며 살아야겠

다. 같은 무명들이 사방에서 버티며 살아가고 있으니,

"다들 자기 살기 바쁘네..."

혼자 가는 길에 비 쏟아지듯 장애물들이 난타를 한다.

그래도 홀로서기를 해야 한다. 누구를 원망할 수 없다.

나도 누구를 도와 줄 형편이 못 되는데 남들인들 쉬울까.

"나도 저렇게 넉넉하게 살고 싶다."

물건도 재산도 시간도 모두 넘치는 사람들 앞에서

한없이 초라해지는 민망함. 그래도 떳떳하게 살아야겠다.

메이커 치장 못해도 기품 있는 매너는 담고 살아야지

"부자의 기준은 가진 것이 아니고 필요한 것이 없는 거"
평범한 날도 기쁘게 살기
아무 횡재도 없는 그 날이 진짜 고마운 걸 인정하며
무지 외로운 날 발악하지 않고 마주 보기
이거야말로 무너지지 않는 부자가 되는 길
"오늘부터, 이 자리에서부터"
이 날이 있어서 다른 날이 한없이 감사하다
부디 그렇게 현명한 사람이 되고 싶다.

제1화 모든 순간은 한번뿐이다

잠을 자려고 준비하다가…
신기한 숫자가 눈에 보였다

'22년 2월 22일 22시 22분'

온도 습도계를 겸한 티비 아래의 디지털 시계가 만든 마법이었다
이와 같은 숫자 배열을 다시 보려면 꼭 100년을 기다려야 한다
그나마 맨 앞자리가 2022년이 아니고 뒷자리만(22) 표시하니 그렇다 만일… 2022년이라고 전체를 표기했다면? 일생동안 영원히 다시는 볼 수 없는 단 한 번만 가능한 숫자 배열이다

감탄하며 보다가 문득 한 생각이 스쳤다. 가장 뒷자리 22시 22분에서 1

분만 앞이나 뒤로 바뀌어도 똑같은 귀한 숫자 배열이라는 것을!

22년 2월 22일 22시 22분이나
22년 2월 22일 22시 21분, 혹은
22년 2월 22일 22시 23분이거나
똑같이 100년에 한 번 볼 수 있다는!
모든 순간이 모두 단 한 번뿐인 것,
어찌 시간만 그럴까?
우리 아이들의 어릴 때 사진을 보다가 종종 그런 느낌이 들었다
'아… 다시는 이 모습을 볼 수 없는 영원히 한 번뿐인 순간이었네'
날이 흐려서, 날이 좋아서, 모든 날이 좋았다! 는 유명한 드라마의 대사
처럼 누군가가 좋으면 모든 날씨와 천지가 아름다워지는 법인가보다!

내가 아는 여행가 작가님이 책에서 한 비슷한 말이 생각난다
'모든 풍경은 단 한번뿐이다'
그러고보니 모두 감사하고 모두 소중한 금쪽같은 날들이다. 나에게 주
어진 일생이 모두 단 한번의 순간들이라니…

제2화 나 아니면 살지도 못하면서…

그러지 말았어야 했다. 후회 중에 괜찮은 후회나 좋은 후회는 없다지만 더구나 약자를 상대로 한 후회는 더 쓰라리다.

사소한 일로 아내와 말다툼을 했다. 대부분의 부부 다툼이 그렇듯 사소한 일…. 동아시아의 평화나 지구의 운명이 걸린 그런 거창한 주제로 싸운 적은 한 번도 없다. 서로 자기 주장을 점점 세게 내세우다 감정이 섞여 마침내 눈물 펑펑 흘리는 순간까지 갔다.

오래동안 자주 그랬던 나는 이번에도 또 입을 다물어야 했다. 시시비비도 잘잘못도 덮어놓고 무조건 내가 지는 마무리…

아내가 심하게 아픈 이후로 우리가 다투면 늘 그랬다. 싸운 그 뒤로 불편한 감정이 가시지 않아 힘들었다. 종일 냉전까지는 아니지만 말을 닫고 지냈다. 이런 상황이 싫어 화도 나고 피곤해졌다.

'나 아니면 살지도 못하는 처지면서…'

갑자기, 정말 불쑥 속에서 이런 말이 올라왔다. 목에서 급히 멈추어 말로
나오지는 않고 도로 내려 갔다. 구사일생 다행히… 라고 스스로를 달랬다.

사실 아내의 상태는 현실적으로는 그 말이 틀린 말이 아니다. 나 아니면
사흘을 못 넘기고 생존이 위태로울 수 있다. 중증환자인 아내는 그렇게 나
의 도움으로 연명중이다. 물론 돈이나 요양원 도움을 받으면 나 없이도 조
금은 더 버티겠지만…

'나 아니면 살지도 못하는 처지면서…'

만일 그 말이 입밖으로 나와 아내에게 전달되었다면 그 가시는 필경 아
내를 찔러 피투성이로 만들었을 거다. 입에서는 멈추었지만… 어쩌면 이
미 늦었는지도 모른다. 그 가시는 듣지 못한 아내를 찌르지 않았지만 생각
으로 떠올린 나는 이미 찔렸다. 그리고 나만이 아니라 내게 실망한 하나님
도 찔렸다. 서로 다른 이유로 나도 하나님도 상처가 났다.

'니는? 니는 남들이 외면하고, 하늘이 외면하면 혼자서도 살아 남기는 하
고?'

그렇게 부메랑처럼 나를 때리는 돌망치가 되고 큰 가시가 되어 나를 찔

러 많이 부끄럽고 아팠다. 그 말은 그냥 지어낸 조롱이 아니고 사실에 가까워서, 그래서 더 잔인하고 벌 받을 말이었다. 살면서 약자에게 해서는 안될 말이 싹이 나버렸다. 이런 생각의 뿌리는 악하다. 분명 악마가 부추겼을 거다.

'나 아니면 살지도 못하는…' 처지의 사람을 향한 악담, 모두 절대 해서는 안될 이 금기어를 조심하시라. 누구와 다투다가 감정이 불편하다고 쌓였다고, 이런 말을 날카로운 가시로 내뱉으면 정말 일이 커진다. 한 번 다치거나 이 땅에서 죽는 걸로 끝나지 않고 다음 세상에서 아주 오래가는 큰 대가를 치를 수도 있다. 당장은 사랑하는이의 눈물 복수를 고문처럼 당하면서 긴 시간을 가슴치며 후회를 할 지도 모르고…

자주 느끼지만 잘 싸우는 건 정말 중요하다. 어디서 싸우는 법 좀 배울수 있으면 좋겠다. 휘두르는 칼로 나부터 다치는 초보자를 벗어나 잘 싸우고 나면 땅이 굳어지듯 서로를 더 이해하는, 계단 하나를 올라서는 그런 멋진 싸움의 기술 말이다.

제3화 멀리도 보고 발 아래도 보고

차에 설치된 네비게이션이 12년차가 되더니 자꾸 오작동이 나옵니다. 날씨가 조금만 추우면 '아예 설치가 안되었고 메모리카드가 없다'는 메시지가 나오며 메인 메뉴도 나오지 않습니다. 다행히 나와도 20~30분 가는 동안도 먹통에 버퍼링 표시만 진행중으로 빙빙돕니다.

매립이 된채로 산 중고차라서 교체도 만만치 않고 그냥… 탑니다만 불편합니다. 가까운 곳은 도착할 때까지 계속 준비 중일 때도 있어 웃기도 합니다. "계속 수고해! 우린 내린다!" 그러기도 합니다. 뭐 어쩌겠습니까? 다 가난한 차 주인인 제 탓이니…

예전 네비가 없을 때는 오히려 지도를 펴고 볼펜으로 체크해가며 전국도 다녔고 유럽에서도 운전을 했지만 그때는 젊었고, 지금은 나이가 들어 그럴 자신도 없어서 낭패를 느낍니다. 그것도 시골은 차를 세우고 길을 물어보기라도 하지만 도시에서는 정말 낯선 곳은 네비가 없으면 엄두가 나지 않습니다. 그래도 다행인 것은 스마트폰의 네비가 있어 해결을 합니다.

비슷한 느낌이 들었을 때가 있습니다. 작은 산길을 걷는 동안 종종 발이 걸려 넘어질 뻔 합니다. 멀리 앞만 보다가 발아래 나무뿌리나 굵은 돌덩이에 걸립니다. 처음가는 산을 등산할 때 종종 듣는 주의사항도 그랬습니다. 가야할 목적지를 길 잃지 않으려면 중간중간 먼 곳을 봐야 하고 멀리만 보며 걷다가는 발을 다치기도 하니 발 앞도 봐야한다!고…

너무 당연한 그 비결을 살면서도 종종 잊고 실수를 합니다. 가야할 목적지 먼 곳만 보며 성급하게 살다가 눈앞의 하루, 곁의 사람들을 소홀이 여겨 실패와 상처를 주고받기도 합니다. 그렇다고 당장 오늘 오늘만 급급하며 살다가 늙어버린 후 길을 잃거나 엉뚱한 곳으로 흘러 인생을 후회하기도 합니다.

여행 중에도 잠시 골목이나 버스를 착각하기도 하지만 목적지 방향만 놓치지 않으면 크게 벗어나지 않고 제자리로 들어갑니다. 그래서 '중요한 것은 속도가 아니고 방향'이라는 말도 있나봅니다.

오늘도 하루라는 발 앞의 작은 장애물들을 살피며 조심합니다. 동시에 긴 날 동안 걸어가야 할 먼 곳의 목표도 수시로 확인해봅니다. 둘 다 너무도 중요한 현실이고 성실히 임해야 할 대상입니다.

늙어가는 내 처지가 오래되어 고장 나는 네비와 닮아가는 듯해서 가끔은 기분이 무겁고 불안하기도 하지만 어쩌겠습니까? 그나마 내 인생의 네비인 하나님과 하나님의 말씀들은 늙지도 에러도 나지 않는 것이 천만다행 복중의 복이라 감사하며 삽니다.

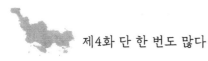

제4화 단 한 번도 많다

예전에 누군가 묻는 말에 아내가 그랬다. "다시 태어나도 지금 남편과 결혼할건가요?" 그 말에 이렇게…

"난 정말 다시는 태어나고 싶지 않아요"

그때는 한편 서운했다. 나와 다시 결혼하지 않겠다는 말은 아니었지만 지금 산 인생이 그리 행복하지 않았다는 말로 들렸기에.

새벽 1시 반에 가스경보기가 또 울렸다. 열흘이 멀다 하고 가스누출 경보기가 밤낮없이 울린다. 한밤중에 듣는 그 경보기 소리는 정말 놀라고 기분 나쁘다. 오작동… 관리사무실로 전화했더니 돌아온 대답이었다. 그걸 설치한 곳에서만 수리나 교체가 되기 때문에 자기들은 손을 댈 수 없다며 그때가 주말이라 그냥 넘어가야 했다. 사용하지 못하면서 그렇게 하루나 이틀쯤 지나면 경고 불이 꺼지면서 다시 정상 가동이 된다. 그동안 가스불을 못쓰고 전자레인지나 포트로 때운다. 나의 귀차니즘도 한 몫 했지만…

눈이 점점 침침하고 약하게 아픈 통증이 사라지지 않는다. 지난 번 심하게 핏줄이 터진 이후 결막염 약을 넣고 좀 나아졌지만 아마도 무언가 다른 원인이 진행 중인가 보다. 티비의 자막 글씨가 어지럽고 식별이 잘 안 된다. 예전 진단받은 황반변성이 꽤 진행되어서 그런 걸까? 이제 더는 불안해서 안과를 가기로 작정했다. 어차피 맞을 매를 미룬다고 없어지지 않는다면 치료를 받아야겠다고 생각하며.

"전에 당신이 다시 태어나기 싫다고 했잖아, 너무 아프고 힘들었던 생활이 싫다며…, 그때는 좀 서운했는데 요즘 나도 점점 그 말이 실감이 나! 나이가 들수록 싫은 거 약한 거 두려운 거만 늘어나니 다시는 이 세상에 태어나고 싶지 않아져…, 나이가 다시 젊어지는 것도 싫고!"

아내가 마치 이제야 그걸 아느냐 하듯 빙긋 웃는다.

"지금 속으로 나 흉보는거지? 그걸 몰랐냐거나 이 인간이 아침부터 왜 이래? 그러며?"

아내의 입이 더 안동하회탈 처럼 꼬리가 길어지며 웃는다. 소리만 안나지 거의 폭소 직전으로 보인다. 얄밉게도.

"휴, 다시 태어나는 건 고사하고… 단 한 번도 많다! 이 세상 인생을 살아
낸다는 건 ㅠㅠ"

꾸역꾸역 아침밥을 먹고 작은 산길로 나선다. 걷는다고 기막힐 무슨 답
이 있을까만 이 무거운 기분을 털어내고 안과도 들르고 가스경보기회사랑
씨름도 해야 하고 그럴 준비를 하려면 기분부터 바꾸고 태세를 갖추어야
해서. 그래야 오늘 하루를 또 살아낼 것이기 때문에!

제5화 억울함은 또 슬픔을 부르고

새벽3시, 잠에서 깨었습니다. 아내가 욕창이 생겨 점점 심해지는 꿈에
시달리다가… 병원을 나온 후 체력이 점점 떨어지면서 침대에서 꼼짝 못
하고 몇 달을 보내는 동안 알게 모르게 내 속에 근심이 쌓여왔나 봅니다.

다시 잠을 청하려는데… 목과 어깨로 심한 근육통증이 몰려옵니다. 배
게나 자세가 잘못된 채로 잠들었을 때 나타나는 그런 증상입니다. 조금
만 얼굴 각도를 돌리면 목과 어깨로 이어진 부분이 아파서 나도 모르게
악! 소리가 납니다. 정말 심신이 다 고달픈 한밤중의 난감한 처지입니다.

우울해지는 마음은 또 다른 우울할 기억을 부르나 봅니다. 어제 밤 한
노래 프로그램에서 본 어느 가수의 얼굴이 떠오릅니다. 4명 중 2명만 다
음 단계로 올라가고 두 명은 떨어지는 단계에서 무려 3명이 만점인 8명

의 심사위원에게 올에이, 올킬을 받았습니다. 그런데 그놈의 망할 멍청한(?) 방송국 규정때문에 억지로 한 명을 떨어뜨렸습니다. 올에이 만점을 받고도 떨어진 사람은 나이 많은 무명 가수로 살다 용기 내어 도전한 분이었습니다.

그 쓸쓸하고 기운 빠지는 대기실의 인터뷰에서 본 얼굴과 목소리…다른 조에서는 5개를 받은 사람도 올라갔는데 조 추첨의 행운이 없어 3명 전원 올 에이를 받고도 탈락이라는 어처구니없는 심사규정이라니… 살다가 당하는 이유 없는 불공평 억울한 고난이 겹쳐 느껴져 불편했습니다.

간신히 버티고 맞이한 아침 뉴스에서는 또 다른 우울한 소식이 들립니다. 긴 시간 훈련과 땀으로 준비한 중국 베이징 동계올림픽에서 이해할 수 없는 심판판정의 피해로 1등을 강제로 빼앗기고 탈락한 쇼트트랙 선수들과 감독, 국민들의 쏟아지는 울분이었습니다. 한국은 물론이고 미국과 헝가리 선수도 터무니없는 조작판정에 웁니다. 세상이 왜 이리 억울한 일들을 만들어내는지 모르겠습니다

사실 이 모든 것이 뭐가 중요하겠습니까? 살짝 고개만 돌리면 그만이고 하루나 이삼일만 지나면 잊혀지고 시시한 뉴스거리로 될지도 모르는 일인데…

문제는 이 나쁜 기운과 감정이 나의 하루를 망치고, 망친 이 하루는 나의 영혼을 갉아먹어서 지금 당장 내가 지켜야 하고 감당하고 앞으로 나가야 할 일들을 악순환으로 또 망친다는 것, 이 도미노 같은 상황이 더

큰 불행을 부르는 악마의 부채질이 되고 있다는 두려움입니다.

오늘은 심한 몸살감기로 두 주째 씻지도 못한 아내를 씻기고 하얗게 된 머리도 염색을 해줘야 하는 더는 미룰 수 없는 날입니다. 내일 이른 아침 출발해서 먼 곳의 국립병원으로 검사와 진료를 가야합니다. 이 일들을 평안한 상태로 감당 못하게 하려는 나쁜 악마가 충동질하는 어둠의 수작질 같습니다.

일생을 종종 이런 사방을 에워싸는 근심과 불안의 충동질 속에 삽니다. 늘 떨치고 정신 차리고 그 사이로 내려오는 햇살 같은 손길을 봅니다. 감사의 제목을 가리려는 사탄의 농간을 밀어내고 속지 않으려 애씁니다. 부디 오늘도 하루 잘 감당하고 할 일을 하나씩 해내도록 기도합니다

"주님, 혼란과 변화무쌍한 근심 불안의 바람에 속지 않고 마음과 몸을 흔들어대는 어두운 그늘을 걷어내도록 도와주세요! 아멘!"

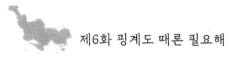

제6화 핑계도 때론 필요해

한 아이가 있었습니다. 다섯 살 때 엄마가 사고로 세상을 떠나고 아빠와 둘만 남았습니다. 엄마가 필요한 순간마다 엄마는 곁에 없고 아빠는 일과 양육을 감당하느라 지쳐갑니다.

아이가 엄마를 그리워하면서 힘들어합니다. 아빠에게 내색하지 않으려 참다가 날마다 잠든 밤에 이불에 오줌을 싸기 시작합니다. 아이가 정서적으로 힘들어 그럴 수 있으니 절대 야단치지 말라는 충고를 들은 아빠는 그럽니다.

"아, 괜찮아! 어제 밤에 물을 너무 먹어서 그런거야!"
"아빠...미안해, "
다음 날 또 이불에 오줌을 싸고 사과를 하는 아이에게 아빠는 또 핑계를 댑니다. "자기 전에 우유를 마셔서 그럴거야! 괜찮아!"

다음 날 또 그럽니다. "어제 저녁을 너무 짜게 먹어서 그런게 분명해!"
"피곤해서 오줌 누지 않고 잠들어서..." "아마..." "..."

숱한 날을 핑계를 대면서 아이에게 화내지 않고 이불을 빱니다. 어쩌면
무너지는 자신을 버티기 위해서 하는 핑계일지도 모릅니다. 아내가 갑자
기 돌이킬 수 없는 난치병 선고를 받았을 때 나도 그랬습니다. "이건 내 잘
못이 아냐, 몇 만 명에 한 명씩 와야 하는 통계 때문에 걸린 거야!"

병원비가 떨어져 고민할 때는 그랬습니다. "이 정도 시간이 되면 다 그러
는 거야, 내가 꼭 무능해서 그런 거 아냐!" 막내딸 아이가 혼자 지내기 힘
들어 울면서 전화가 올 때도 그랬습니다. "우리 때문이 아닐 거야, 학교에
서 누구랑 싸우거나 야단맞아서 그럴 거야!"

아내가 다시 재발이 와서 중환자실을 가게 되었을 때는 "병원 의사나 간
호사가 무심해서 또 아프게 된 거야!" 했고 긴 간병으로 몸이 쇠약해져 병
이 났을 때도 핑계를 대었습니다. "어제 창문이 좀 덜 닫혀서..."

끝이 오지 않고 길게 가는 투병 간병 세월이 무섭고 답답한 마음이 몰려
오면 "하나님이 낮잠에 빠져 좀 길어지는 게지, 하늘 시간은 1분이 십년
이니까..."

그렇게 자꾸자꾸 핑계를 생각해내고 필요할 때마다 남에게, 자신에게
말합니다. 아무 핑계를 대지 못하면 너무 힘들고 절망감만이 가득 채워져

죽을 수도 있기 때문입니다.

점점 지쳐가고 자신이 없어지는 아빠는 그러다 이웃의 강권에 못 이겨선을 봅니다. 새엄마가 될 수도 있는 여자가 아이와 잠시 놀아주면서 많이 웃습니다. 그날 밤 정말 기쁘게도 아이는 이불에 오줌을 싸지 않습니다. 두 사람은 각자 다른 이유로 끌어안고 기뻐하며 희망을 맛봅니다.

그러나 그러던 아이도 자기 그림의 엄마 자리에 다른 엄마가 오는 것을 실감하면서 무거워지고 아빠도 기억의 울타리를 벗어나지 못하면서 마음이 무거워집니다.

그러다 아이가 다시 밤에 이불에 오줌을 싸고 맙니다. 아이도 아빠도 더 큰 절망에 잠깁니다. 아빠 혼자 아들을 키우는 '솔개'라는 드라마에서 무지 공감한 부분입니다. 실재로 우리 삶도 그렇습니다. 기쁘고 좋은 순간이 오기도 합니다. 핑계를 대지 않아도 되는 짧은 행복이 오기도 하는 삶이 한편 다행입니다.

그러나 그 달콤한 순간이 고마우면서도 또 한편으로는 더 위험하기도 합니다. 한 번 따뜻한 후에 오는 추위는 더 힘들어서 다시 핑계를 찾아내야 합니다.

언제나 삶은 끝에 닿기 전까지는 행운과 불행이, 기쁨과 슬픔이 교대로 옵니다. 힘들 때 아무 핑계도 떠올릴 수 없으면 그 순간을 견뎌 넘기기가 너무 위험하기 때문입니다. 무슨 짓을 하더라도, 피투성이가 되더라도 살아남으라고 성경을 통해 하나님이 말하기도 하는 이유가, 불쑥 들이닥치는 고난의 상처보다 생명이 귀하고, 그걸 넘기면 올 위로가 분명 크기 때문입니다.

이 밤처럼 여러 잡생각과 고단한 몸이 잠을 이루지 못하게 할 때는 빨리 핑계거리를 찾아야 합니다. 너무 조용해서라거나, 낮에 누군가의 미운 말 때문이라거나, 아님 커피를 한 잔 덜 마셔야 했다는 뭐 그런 시시한 거라도 떠올려야 합니다. 안 그럼 '난 우울증이 깊어지는 중이야, 어쩌면 이번에는 못 이길지도 몰라...' 하는 죽음에 이르는 병에 걸릴지도 모르기 때문입니다.

핑계도... 때론 피투성이로라도 생명을 유지하라는 하나님의 명령을 따르는 도구로 사용됩니다.

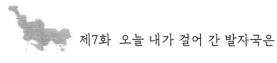

제7화 오늘 내가 걸어 간 발자국은

"싫어!"

"왜?"

"기억도 하고 싶지 않은 그때가 떠올라서..."

마약중독이 되었다가 간신히 끊고 나온 치료자가 있었다. 중단 1주년을
축하하면서 주는 기념 메달을 안 받겠다고 그랬다. 치료모임에서 주는 축
하의미는 알겠지만 악몽을 연상시켜서 거절한다고...

"받고 안 받고 결정은 분명 너의 권한이 맞아. 그 영광도 기쁨도 너의 것
이고, 하지만 다른 사람에게는 그 수상이 또 다른 의미가 있다는 것 알아?
중독치료를 힘겹게 불안하게 하고 있는 사람들에게 그 기념 메달은 희망
이고 위로야! 1년을 다시 빠져들지 않고 잘 견뎌낼 수 있겠다는, 자기들도

타야겠다는 희망…"

　그랬다. 동반자라는 이름으로 함께 살아준 치료 선생의 말은 그렇게 다른 의미가 있었다. 그래서 다른 사람들을 위해서라도 그 상을 받아주고 한마디 이야기도 해달라고…
　- '엘레멘트리' 라는 드라마 속에서 나오는 대사다.

　백범 김구선생님은 옛 시를 인용해서 그렇게 말했다. '눈 덮힌 들판을 걸어갈 때 모름지기 함부로 걷지 말라 오늘 내가 걸어간 발자국은 뒷사람의 이정표가 되리니…'

　이양연은 시 야설(野雪)에서 아래와 같이 말했다.

　　　穿雪野中去(천설야중거) : 눈 길 뚫고 들길 가도
　　　不須胡亂行(불수호란행) : 모름지기 어지러이 가지 말라.
　　　今朝我行跡(금조아행적) : 오늘 아침 내 발자국이
　　　遂爲後人程(수위후인정) : 마침내 뒷사람의 길이 될 것이니.

　누군가의 앞에서 먼저 간다는 것은 그렇게 나중에 오는 사람과 관계가 있다. 산다는 것도 마찬가지일 것이다. 노력하여 성공하는 모습을 보여주는 경우만이 아니라 실패하여 고통을 당하면서 세상의 기준으로 망해가면서도 어떻게 견뎌내는가를 보여주는 경우도 그렇다.

　성서에 나오는 많은 사람의 삶이 그렇다. 어떤 이는 욕망과 반역의 길을 걷다가 무언가를 말해주고 또 어떤 이는 순종과 고난의 길을 가면서 무언가를 남긴다. 비록 성서에 기록되지 않은 더 많은 그때의 사람들과 지금도 살아가는 무명의 사람들도 별 다르지 않다는 것을 우리는 종종 잊고 산다.

'나같은 별볼일 없는 평범한 사람의 삶은 아무도 모르겠지? 별 영향도 남기지 못하고 그냥 사라지는거겠지?' 그렇게 생각하면서 맥빠져 살기도하고 좌절하거나 무시한다. 반대로 아무도 알아주지 않아도 감사하며 삶을 마치기도 한다.

그렇게 누군가의 걷는 자국은 반드시 누군가의 앞길이 된다. 그래서 큰 죄를 지은 경우도 회개를 하고 용서를 받아야 한다. 반대로 작은 수고와 희생, 사랑의 나눔도 동시에 기억되어야 한다. 다음에 같은 일을 만날 사람들을 위해서도 반드시 필요하기 때문에 열심히 바로 걸어야 한다. 형편이 어떠하든지, 결과가 어떻게 되던지를 떠나서…

제8화 위대한 독감과 평범한 몸

"콜록, 콜록!"
"에~ 취!"

　밤새 눕지 못하게 하는 기침, 같은 병실의 사람들을 잠도 못자게 하고선 손들었다. "독감바이러스가 맞네요. 좀 나아져도 거르지말고 5일 연속으로 꼭 다 먹어야 합니다!"

　아프기 시작한지 5일만에 결국 병원을 가서 검사를 받았다. 독감바이러스 판정을 받고 기본 5일치 타미풀루 약을 받아왔다.

(속으로 - 이렇게 괴로운데 무슨 재주로 약을 안먹어요 ㄲ)

괴로운 재채기 콧물, 연신 나오는 기침, 근육통과 두통까지. 밤은 더 괴로운데 어떻게 약을 안먹어? 하면서.

〈위대한 영혼은 언제나 평범한 마음과 충돌한다〉

아인슈타인이 그랬다. 그런데... 왜 나는 위대하지 못한데도 평범한 마음과 날마다 충돌할까? '왜 요만큼밖에 안되는 사람일까?'부터, '왜 좀더 너그러운 사람이 못 되는 걸까?' 까지 수도 없는 갈등과 자책을 안겨 온다.

'제길... 위대한 건 내 영혼이 아니고 독감 같다. 위대한 독감과 평범한 내 몸!'

그러나 다행하게도 성경은 내게 위로의 메시지를 준다.

〈겸손한 영혼은 언제나 평범한 마음에서 위대함 을 배운다〉라고.

그리고 작은일에 충성하는 사람이 되라하고, 높아지려는자는 낮아지고, 낮아지는 사람이 진짜 큰 사람이 된다고 말해주었고, 지극히 작은자 하나에게 대접한것들이 나중 하늘나라에서 상이크다고 말해준다.

'뭐야? 그럼 나같은 좀생이 비루한 처지도 희망이 있다고?'

하늘나라의 기준들은 정말 멋지고 끝내 준다. 진짜 폼 나는 라이프스타일이 뭔지 감을 잡게 해준다. 그래서 성경은 뿌듯하게 내 삶의 롤모델이 되었다. 작은 사람들, 평범한 마음들을 다독여 기 살려주는 귀한 하나님의 말씀들! 오늘도 지치고 병든 몸으로 콜록거리며 서럽게 찌그러지지만 그 말씀들에 힘내서 내 목숨값을 다시 제자리로 올려놓는다. 비록 당장은 눈에 보이는 변화도 없고 번듯하게 내놓을 카드도 없지만... "난 싸구려 생명이 아니다! 불쌍한 인생이 아니다!" 라고 소심하게 속으로 외치게 해준다!

[누구나 위대한 사람이 될 수 있다. 누구나 남에게 필요한 존재가 될 수 있으니까. 사랑할 줄 아는 가슴만 있으면 된다. 영혼은 사랑으로 성장하는 것이니까 _ 잭 캔필드·마크 빅터 한센]

아직도 나는 날마다 평범한 마음과 부딪히고, 아직도 나는 날마다 평범한 마음에서 위대함을 배우고, 오늘도 나는 작은 일에 충성하고 낮아지는 사람이 진짜로 큰 사람이라는 하늘의 위로에 힘을 얻는다. 덕분에 눈발이 제법 날리는 아침에 고단한 심사가 평안을 은총입는다.

제9화 저마다 자기 짐이 있다

"미안해요… 정말 안깨우고 참으려 했는데 ㅠㅠ"

아내는 두 번, 세 번 미안하다고 자꾸 말했다. 새벽 1시, 그리고 두 시간 채 지나지 않은 새벽 3시, 잠든 나를 깨워야만 해서 너무 미안하다고…, 종종 아내는 연이어 소변이 마려워 애를 먹는다. 그게 어디 잘못인가? 질병의 증상인걸 ㅠㅠ

문제는 그렇게 깬 내가 다시 잠들지 못할 때다. 간신히 뒤치락 거리다 잠들었는데… 또 깨우면 몸이 천근만근 무겁고 화가 나기도하고 슬프기도 한다. 그보다 더 나쁜 경우가 각성되어 밤을 새울 때다. 아침까지 시달리고 온갖 생각에 잠기면 괴롭다. 그냥 잠을 못자는 게 아니라 몰려오는 불안, 여러 감정들을 밀어내느라 힘들기 때문이다.

수면제도 먹어보고 운동을 과하게도 해보고 했다. 커피도 카페인 없는 걸로 바꾸고 점심 후 안 먹기도 했다. 그러나 부작용도 생기고 계속할 수 없는 이유도 있었다. 너무 깊이 잠들어도 못 일어나거나 더 고단해서… 그래서 식품에서 추출했다는 잠오는 비싼 약도 먹어보았다. 처음에는 반짝 효과도 있어보였는데 내성이 생기는 걸까? 금방 다시 이전으로 돌아갔다.

'그래, 다들 이런저런 잠 못 이루는 날도 있는 거지, 그래도 끌어 안고 등에 지고 살아가는 거지' 그렇게 스스로를 달래며 아예 밤을 세면서 자려고 애쓰지 않기도 한다. 그리고 자신에게 말한다. 아마 다른 사람들은 또 다른 일로 잠 못들기도 할 거라고, 사업걱정이나 자식이 문제를 일으키거나 건강이 나쁘거나 누군가와의 갈등으로 자다가 일어나고 다시 잠 못들고…

충분히 그런 사람들이 세상에 널려있다는 현실을 안다. 나만 별나게 시달리는 억울함은 아니다. 우리에게 주어진 한 번의 이 세상 삶은 그렇게 불완전하고 24시간 평생이 즐겁기만 하거나 봄날같이 따뜻하지만은 않다.

그럼에도 다들 저마다 각자에게 주어진 이런 상황과 삶의 무게를 감당하며 일생을 걸어가다가 어느 날 종점에서 내려놓는다.

모두가 예외 없이 비슷한 이 일상을 나만 지독히 슬퍼하지말자. 그렇게 달래며 다짐하며 아예 새벽을 눈뜨고 흘려 보낸다. 작고 부드러운 피아노 찬양음악을 틀어놓고 이 글을 쓰면서.

곧 다가오는 성탄절에 이렇게 날밤 세우다, 저 들 밖에 한밤중에 목동들이 잠깨어 주님 탄생을 축하한 복을 나도 누릴 수 있을지 누가 알까! "주님, 모두가 감당하며 살아가는 이 날들을 저도 잘 지고 걷게 도와주세요! 아멘"

제10화 몇 가지 질문

사람들을 만나면 꼭 질문 해보는 몇가지가 있다. 대화중 잠시 공백이 생기거나 심심하거나 아니면 조용한 틈이 보이면 일부러라도 물어 본다. 그러면… 상대방이 조금은 더 잘 보인다. 마치 안개가 끼었다가 서서이 걷어질 때 드러나는 풍경처럼 혹시라도 외모나 선입견으로 그려진 것 아닌 속사람의 향기나 그림자 같은 그 무엇이.

"돈을 많이 벌면 뭘 하고 싶어요?"

이 질문에 대개 잠시 이런 저런 생각을 해보다가 뭔가 말한다. 자동차를 바꾸고 집을 넓혀 이사하고 새 옷을 사고, 어떤 사람은 자식이나 친구나 누군가를 돕기 위해 주거나 좀 넉넉한 세계여행이라도 가겠다고 말하면서도 약간 들뜬 표정으로 얼굴에 꿈 아지랑이가 피어오른다.

그 사람의 관심사나 고민이 묻은 답은 다음 대화를 부른다. 누구는 슬픔
이 짙어 위로가 필요하게 되거나 누구는 자랑으로 변해 맞장구 박수를 쳐
주어야 한다. 바램과 응원이 그 사람의 바닥을 숨어 흐르다가 올라 온다.

'그랬구나! 그런 마음을 담고 살아가고 있구나!' 조금은 더 이해하게 되
고 내게 여유가 있으면 주고 싶기도 하다. 나중에 어느날 그 소원이 이루어
졌다는 소식을 들으면 좋겠다.

"자녀들이 어떤 사람이 되었으면 바래요?"

이 질문에는 많은 사람들이 한숨을 섞거나 불만이 나오기도 한다. '에
구… 말을 안 들어 먹어요!' 라고 하는 사람도 있고, '휴… 내가 능력이 없어
서 아무 도움이 못되요 ㅠ' 라고 자책하기도 한다. 자식이 어떤 사람으로
사는 데 부모가 무슨 책임이 있나? 싶어 안타깝기도 하다.

그리고 조목조목 직업이나 재산, 자리까지 구체적으로 말하기도 한다.
그러나 더 많은 사람들은 너무 쉽고 단순하지만 잘 이루어지지 않는 어려
운 대답도 한다.

'그저 건강하고 사고 당하지 않고 가정이 행복하면…'
그게 얼마나 어려운 소원인지 살아 갈수록 알게 된다. 너무 평범해보이
지만 너무 난공불락 높은 꿈이라는 걸. 세상에 그 상태로 살 수 있는 복이
라면 모든 게 다 이루어진 소원이다. 아주 욕심 없는 듯 보이지만 인간세상

에서 불가능한 소원이다.

그리고 소수의 사람들은 무지 높은 수준의 삶을 숙제처럼 기대하기도 한다. '늘 흔들리지 않고 정의롭고 여유있으며 남을 돕고 초연한 사람!' 이라고... 마치 벌판을 달려오는 초인의 이미지처럼 영웅이나 수도자만 가능한 그런 자녀가 되기를 빌며 화려한 그림을 숙제처럼 그리는 부모.

그 여러 가지 소원같은 대답들을 들으면서 혼자 속으로 빌어 본다. '부디 자녀에게 바라는대로 부모가 본이 되도록 살았으면 참 좋겠어요!' 라고. 가장 설득력이 높은 가르침은 말이나 명령이 아니라 실천이니…

"지나간 시절 못해서 가장 아쉬운 게 뭔가요? 만약 다시 그 나이로 돌아가면 뭘 하고 싶어요?"
이 질문에는 많은 사람이 의외로 여행이나 공부를 대답해서 좀 애잔했다. 다시 돌아가도 지금처럼 살 것이라고 말하는 사람은 별로 못 보았다. 지금의 모습이 되도록 살아온 시간을 전혀 후회도 아쉬움도 없는 그런 사람은 별로 없나 보다. 뭔가 못한 게 있다고 하니…

더러는 놓친 사랑, 접은 꿈들을 다시 떠올린다. 그때 그러지 않았더라면, 헤어지지 않았더라면… 이라거나 어려움을 만나서 포기해버린 꿈을 좀 더 밀어부쳐볼 걸, 그런 아쉬움이 많았다. 너무 쉽게 접고 헤어지고 좌절한 기억 등

어쩌면 오늘은 뒷 날 어느 순간에 올 과거가 될 거다. 그때 이럴 걸, 해볼

걸, 놓치지 말 걸… 하는 대상이 오늘 지나간다. 다시 후회나 아쉬움이 되지 않도록 오늘을 바꾸면 좋겠다.

현실, 오늘이란 언제나 여전히 불안하고 두렵고 상황은 어렵다. 예전 그때처럼, 그러니 나중 어느 날 또 오늘을 짙게 떠올릴 것이다. 그때 해볼걸, 그때 가볼 걸, 그때 만날 걸, 등

어제 기준으로 보면 미래인 오늘, 좀 더 적극적으로 매달리면 어떨까? 과감하게 내 잘못을 인정하고 사람들과 화해를 하는 것이다. 사람을 상대하면서 조바심이나 두려움으로 포기하지 말고 벅찬 선택도 해보고! 갈까 말까? 고민하는 여행길도 떠나보고…

분명… 잘 안될 거다. 쉽지 않을 거다. 그러니 그 이전 어느 날에도 그랬을 거다.

같은 사람에게 시간이 좀 지난 나중 어느 날 같은 질문을 또 해보고 싶다. 그리고… 몇 년 전에도 제가 이 질문을 했었는데 기억해요? 이건 바뀌고 이건 그대로네요! 알려드리고 싶은 맘인데...

그래도 본인들은 자기 대답을 혹시 기억하지 않을까? 대답하느라 자신을 돌아보고 조금은 진지하고 깊은 심정이었다면 그럴지도 모른다. 만약 똑같은 대답을 여전히 한다면 내가 끝으로 이 말을 물어 볼 지도 모른다. "혹시 기억나세요? 그때 제게 대답해주셨던 내용을? …"

제11화 가지 못한 길에 대한 그리움

그리운··· 가지 못한 길'

혼자 살고 싶었다. 그럴듯한 멋진 스토리가 있어서가 아니라 그냥 두려움 때문에···그래서 그랬다. 어린 14살부터 경주에서 서울이라는 낯선 곳으로 올라와 오랜 객지를 혼자 떠돌면서 생긴 생존의 지독한 그늘. 그런 피부에 와 닿는 고생이 나를 그렇게 만들었다. 배우자와 자녀 등 누군가를 책임진다는 거 자신 없었다. 그렇다고 노총각 독신남 그러다 홀아비 독거남으로 늙어가는 그런 타이틀은 꺼림칙하고 쉼 없을 주위 잔소리도 듣기 싫고...

그래서 생각한 것이 독신 수도자였다. 신앙도 없는 총각이 수도자를 꿈꾸다니 말도 안되지만 아무에게도 왜 혼자 사냐고 시달리지만 않는다면 그 신분과 그 피난이 괜찮을 거 같았다.

그러나 그 엉터리 설계는 빛을 볼 수 없었다. 독신 수도자가 되는 길도 방법도 몰랐고 주변 사돈의 팔촌까지 뒤져도 아무도 도움 줄 이가 없었다. 이렇게 신앙과 거리가 먼 족보의 집안에 태어나다니… 더구나 하루도 먹고 사는 걱정 없이 만만한 날 없는 상황이 그런 길을 알아보고 기웃거리게 냅두지 않았다. 생존은 늘 그렇게 바늘끝만한 틈도 주지 않고 생을 몰아부치는 무서운 놈이다.

그러다… 룸쌀롱이라는 술집에서 일하다 덜컥 전도를 받았다. 알고보니 개신교였고 그곳은 독신수도자가 될 길과는 거리가 멀었다. 지금은 개신교도 그런 길이 열려 있지만 그 당시는 없었다.

포기하고 살다가 다시 수도자의 욕구가 꿈틀거리기 시작했다. 도시 세계의 무한 경쟁과 인간의 끝없는 욕망이 지겨웠다. 그래서 시골로 내려가 자연 속에서 살거나 심지어 가난한 제3국까지 가서 살까 기웃거렸다. 그러나 돌아보니 이미 내게는 아내도 자녀도 덜컥 생겨있고 꼼짝없는 가장이 되어 있었다. 누군가의 마수에 걸린 것처럼.

그냥 풀죽은 가장으로 사는데…눈이 번쩍 뜨였다. 이미 독신수도자가 되기는 틀린 기혼자에 그런 제도가 없는 개신교에 발 들여놓고 포기상태에 사는 데 새길이 나타났다. 오래전 신앙생활을 같이 나누던 분들이 연락

해왔다. 외국에는 가족단위 생활공동체들이 있는데 그걸 해보자는 제안이었다. 영국의 브루더호프나 그와 비슷한 가족 단위 신앙을 중심으로 한 생활공동체들이 눈에 들어왔고 부러웠다.

꿈이 다시 꿈틀거리고 설레어 기어이 움직이기 시작했다. 수도원의 본질이나 성향을 담은 신앙가족 공동체를 기대하며 독일도 가보고 프랑스의 떼제공동체도 머물러 보았다. 국내에서도 예수원이나 비슷한 실험을 하는 단체도 둘러보았다.

그러다 유럽 탐방에서 돌아와 시골로 이사까지하며 시도를 했으나… 결론은 실패했다. 처음에는 남의 탓도 했지만 나중엔 인정했다. 나의 성품도 신앙의 깊이도 턱없이 멀었고 체력도 열정도 모자랐다. 심지어 게으른 천성과 이기적 자유로 까칠한 나는 자격이 없다는 걸… 십년 이상이나 매달리고 안달을 하고 나서야 깨달았고 인정했다. 오히려 안되길 잘 되었다는 이상한 결론은 내게서 일상 생활의 자신감까지 압수해 갔다.

시들해진 삶과 찌꺼기만 남은 열정은 아내를 들볶다 기어이 탈이 났다. 희귀난치병, 그리고 발목에 수갑이 채워지고 가족이 뿔뿔 헤어졌다. 총각 때의 그 두렵던 생존이하로 추락하고 살아 남기 급급했다.

만약 내 주변이나 친인척 중에 나를 이끌어줄 사람이 있었다면? 결혼하기 전에 그 길을 밟아 독신수도자가 되었다면? 등 여러 가정법 의문이 나를 계속 괴롭혔다. 그랬다면 난 지금 행복하고 만족하며 지내고 있을까? 그런 질문들. 스스로 느끼는 답은 비관적이었다. 아마도… 문제와 고뇌를 많이 품고 또 다른 벽에 부딪혔을 거다 라는…

그래도 종종은 그립다. 가보지 못한 그 길의 과정과 아쉬움들이. 적어도 누군가를 책임지고 내 인생을 포기하는 이 상황은 없을테니.

아, 그리고 못 가본 그리운 길이 또 하나 있다. 가정공동체 꿈이 뭉개지고 현실가장으로 버티고 살던 2002년 무렵, 순례자들이 걸어가는 길을 알게 되었다. 800키로 이상을 한달을 걷는 스페인에 있는 산티아고 순례길. 그 길을 여러번 다녀온 화가 한 분의 작은 소책자를 우연히 보았다. 2000년 초 쯤이니 동양인 최초는 몰라도 한국인으로는 최초일 거다. 아무도 모르던 그 시절 스페인에 유학 했던 그분은 그 장점 덕분에 몇 번이나 완주하셨다.

나중에 그 길을 못 가게 된 내 이야기를 듣고 안타까운 마음으로 우리 병실까지 와주셨다. 와서 그분의 봄 여름 가을 겨울, 4권의 산티아고 책에 저자서명을 해주셨다. 지금도 기억이 생생한 그날은 12월 30일, 눈이 산더미같이 오던 한 해의 마지막 날이었다. 그분은 자전거로 서울서 출발해 거의 눈사람이 되어 청주에 도착했고 병원을 들어서서 우리를 찾았고 나를 엄청 감동하게 하셨다. 그러나 이제는 내게는 그리운… 가보지 못한 또 하나의 길이 되고 말았다.

그 스페인 산티아고 길을 다녀온 언론인 출신 서명숙님도 큰 감동을 받아 마침내 제주 올레길이 탄생하게 되었다. 이제 욕심도 기대도 흘려보내야 하지만 언젠가 제주 올레길이라도 완주하고 싶다. 그리운 마음도 씻고 한을 풀고 삶을 마무리 하고 싶어서…

　살면서 어디 그리운 이름과 얼굴과 못 다한 일이 그뿐일까만 사람의 길이든 땅의 길이든 길을 걷는다는 것은 순례자의 기본이고 본능이니까 꼭 그러고 싶다.

　독신
　생존
　책임

이 인생 순례의 길도 신앙 순례의 길과 비슷하다.

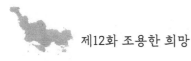 제12화 조용한 희망

볼 일이 있어서 나갔다가 돌아오는 길에 사거리에서 횡단보도 신호등을 기다리는 중이었습니다. 드디어 빨간불에서 파란불로 바뀌고 인도에서 차도로 내려서려는 순간… 차 한대가 '끼이익!' 소리를 내며 횡단보도 앞에서 급정거를 했습니다. 무리하게 앞차를 따라 우회전을 하려던 차 한대가 횡단보도로 내려서는 사람들을 보고 뒤늦게 급하게 브레이크를 밟은 겁니다.

다행히 나는 차들을 살펴 보며 건너던 참이라 달려오는 차를 보며 불안해서 멈추고 기다렸습니다. 잠시 항의의 표시처럼 그 차를 노려봐 주었지만 욕은 하지 않았습니다. 머리속 상상에서는 들고 있던 물건을 차를 향해 집어 던지며 "사람이 죽을 뻔 했잖아요! 운전을 그따위로 합니까!" 라고 했지만요!

그런데… 그렇게 건너오고 나서부터 이어지는 상상은 정말 싫고 끔찍했습니다. 단 2-3초의 차이로 불행한 사고는 생기지 않았지만 만약 그 차가 조금만 늦게 브레이크를 밟거나 내가 성급하게 건너려고 걸었더라면… 분명 큰 사고로 이어졌을겁니다.

이어진 내 무거운 고민은 내가 다치는 문제가 아니라 다른 것이었습니다. '만약… 사고가 났다면 집에 혼자 있는 아내를 어쩌지? 내가 병원으로 실려가고 빨리 가지 못하면?' 여기까지 상상이 되자 처참한 슬픔이 확 몰려옵니다. 내가 돌아오기만 마냥 기다리는 아내는 비상이 걸립니다. 만약 연락조차 해줄 수 없다면 문제는 더 커집니다. 바로 소변 때문입니다 ㅠ 아내는 거의 3시간마다 소변을 빼줘야하는데 그 시간이 넘어가면 방광이 터질 것처럼 불러오고 신경마비로 못 나오는 소변은 역류나 과반사현상을 불러 환자는 땀을 흘리며 얼굴이 하얗게 되어 숨을 못 쉬게 됩니다.

조금만 더, 조금만 더, 하며 마냥 마냥 내가 돌아오기만 기다리다가 아내는 분명 119를 부를 기회를 놓치고 정신을 잃을 겁니다. 아이들이나 형제들에게 연락을 해도 멀리 있기 때문에 오는 시간이 너무 늦어서 생사가 위험해질 수 있습니다. 소변을 빼야하는 특수한 의료 상황에 누구도 바로 도움을 줄 수 없는 이 딱한 경우가 어처구니 없습니다. 장애가 심한 분들이나 나이 많은 노인들이 혼자 있다가 쓰러져 아무 도움을 못받고 때로는 그대로 사망하는 경우가 대개 그렇습니다.

병원에 있을 때는 내게 무슨 일이 생겨도 간호사나 의사가 조치를 해주고 도움을 받을 수 있어 그런 걱정은 한 번도 안 했는데… 집으로 돌아와 나 혼자만 아내를 지키다 보니 이제는 내게 생기는 어떤 사고나 질병도 심각한 2차 불행을 불러오게 생겼습니다.

그 현실이 실감 나자 갑자기 식은땀이 나고 숨이 답답해집니다. 사람이 바깥을 다니다 보면 별일이 다 생깁니다. 정작 사고 난 나는 어떻게든 해결하지만 침대에서 꼼짝도 못 하는 아내는 내 부재가 아내의 생사를 좌우합니다. 이런 말도 안 되는 경우가 지금 우리 앞에 놓인 현실이라니…

차라리 말기 암이거나 다른 질병이라면 이런 상황을 만나 며칠을 혼자 있어도 살아는 있을 겁니다. 굶어도 대소변을 침대에 보더라도… 그러나 아내는 상황이 다릅니다. 숨도 못 쉬고 질식하고, 소변이 신장으로 역류하면 폐사가 올테니 단 반나절도 방치할 수가 없습니다.

그 생각이 미치니 슬픔이 몰려옵니다. 내게 무슨 일이 생기면 큰일 난다는 조바심 때문에… 몇년 전에도 나의 심각한 건강악화로 이런 벽에 부딪혀 공황장애에 시달렸습니다. 그때도 간신히 회복되었는데 퇴원하고 집으로 돌아오고 나니 또 다른 상황이 나를 압박합니다.

얼마 전 '조용한 희망'이라는 드라마를 보았습니다. 겨우 스물너댓의 나이에 세 살짜리 딸을 데리고 지독히 열악한 주변 환경을 이기며 생활의 전선을 헤쳐나가는 이야기입니다. 알콜 중독에 걸리고만 아이 아빠인 남자에게서 도망치면서 온갖 고난이 닥칩니다. 굵고 고된 일을 하며 아이를 여기저기 맡기고 오래된 고물차 하나를 의지하며 노숙도 하고…

(이 드라마는 실화를 바탕으로하였고 우리나라에도 출판된 '조용한 희망'을 원작으로 합니다. 또 딸 알렉스 역할을 맡은 마가렛 퀄리와 엄마 폴리역을 맡은 앤디 맥도웰은 실재로 모녀지간입니다)

나도 이전 아내가 아프던 초창기에 낡은 차로 일터와 장거리 강원도를 오가며 지낸 적이 있습니다. 트렁크에 갈아입을 옷을 넣고 다니며 험한 일과 간병을 잠도 못 자며 병행하던 그 시절이 자꾸 기억나 눈물 적시며 보았습니다. 딸 하나를 살리고 울리지 않겠다고 온갖 험한 일과 어려움을 참아내는 드라마 속 어린 엄마의 그 심정이 영락없이 그때의 나와 닮아서 더 그랬습니다. 작은 파도들이 끝도 없이 몰려오며 이제 좀 나아지려나 싶으면 또 발목을 잡고 산산조각내버리는 가난한 현실의 운명이 정말 너무하다 싶을 정도였습니다. 끝없는 선택과 다시 일어나 움직여야 하면서도 자존심과 딸아이의 행복을 찾아주려는 어린 엄마의 하루하루가 드라마 속에서 진짜 우리 세상과 다름없이 질기게 이어졌습니다

삶은, 특히 가난과 열악한 처지에 몰린 이들의 생활은 그리 쉽게 동화처럼 풀리지 않습니다. 드라마든 진짜 삶이든 비슷합니다. 늘 순간마다 괴로운 선택을 요구하며 선택의 결과로 따라오는 무거운 현실을 감당하게 합니다. 두 가지가 다 이루어지면 얼마나 좋을까요? 돈도 벌고 자존심도 챙기거나, 일도 잘 풀리면서 가족 사이에 갈등도 안 생기거나 혹은 배우자나 부모가 개과천선 하는 과정에서도 다른 부작용도 없다거나…

그러나 우리가 사는 세상은 언제나 하나만 주거나 턱없이 모자라거나,

호사다마 부작용이 동시에 일어납니다. 착하게 살려고 해도 사고가 나고, 고생이 끝나고 이제 살만해도 불행한 질병에 걸리고 갈등이 깊어지거나 그럽니다. 이 드라마도 더도 덜도 아닌 사람 사는 세상의 모습 그대로입니다. 너무도 익숙하고 많이 보는 인간사 그대로…

그래서 그런 질곡 속에서 끝없이 애쓰고 다시 일어서며 한 번 만 더 사랑의 시도를 해보는 어린 엄마에게 박수를 보내고 잘 만들어진 드라마라고 생각했습니다. 여전히 그렇게 사는 많은 사람들에게 정말 필요한 위로와 모델은 그런 것이어야 합니다. 요란하게 갑자기 된 벼락부자나 기적들의 사례가 아니라 변치 않는 고된 세상에서 변치 않고 살아가는 사람들의 이야기! 행운의 보따리가 하늘에서 뚝 떨어지는 삶이 아니라 행복을 위해 하루하루 쌓아가는 결과로 오는 단단한 결과 말입니다.

원하기는 내 신앙도 로또를 만나는 길이 아니라 그런 길이기를 빕니다. 로또만 기도하고 이루어진 기적을 자랑하는 신앙은 너무 소수만 누리고 나머지를 들러리로 만드는 아픈 허무함이고, 그렇지 못하면서도 사는 사람은 너무 많기 때문입니다. 부디 엄청난 희망이나 기적이 황당하게 연달아 생기지 않아도 눈물 닦고 다시 일어나는 '조용한 희망'이 우리에게 늘 머물렀으면 좋겠습니다. 나와 아내에게도 별안간 달라질 가능성이 없어도 '조용한 희망' 속에 세살짜리 딸 메디를 안고 손잡고 산을 오르는 어린 엄마처럼 착한 심성과 의지가 늘 함께 해주기를 빌면서 말입니다.

제13화 내 속의 두세계

아내가 죽을지 살지 모르는 급박한 상황에 달려간 기도원은 강원도 깊은 산속에 들어가서 눈이 허리까지 쌓이는 곳이었다. 날마다 집회가 열리는 성전에서는 온갖 사연과 불행을 가지고 온 사람들 병자들의 통곡과 아우성 눈물이 쏟아졌다.

온갖 사연들과 막다른 절박감을 안고 전국에서 달려온 그들은 누가 시키지 않아도 몇 시간씩이나 목이 쉬도록 기도를 했다. 그러고도 집회 후 산중턱 곳곳에 마련된 기도움막으로 갔다. 일반교회의 예배 분위기나 신앙 열정은 비교도 안될 정도였다.

그런데… 그렇게 회개와 각오와 감사가 철철 넘치던 시간이 지나고 모두 모여 밥을 먹는 시간이면 식당은 조금 다른 모습들이 보였다. 그중에는 줄도 양보하는 사람도 있지만 더 맛있는 반찬을 욕심내어 더 가져다먹고 심지어 불평을 터뜨리는 사람도 있었다.

며칠, 열흘 한 달이 지나도록 머무는 사람도 많이 있는데 무리를 지어 끼리끼리 더 친한 사람 흉을 보는 사람으로 나뉘어지기도 했다. 사람이 모이면 어디도 생기는 풍경, 현상이 예외가 없다. 먼저 자리 잡아놓았는데 가로챘다고 집회 전에 다툼도 생겼다.

전세계에 주목을 받은 한국드라마 '오징어게임'이 화제다. 그 안에 잠시나온 여자아이, 또래의 탈북 여자친구에게 승리를 양보하고 대신 죽어간그 아이의 고백이 오래 맘에 걸렸다. 엄마를 죽이고 딸인 자기에게 몹쓸 짓을 한 아빠를 죽인 아이, 그 아빠는 목사였다. 극 중에 나온 또 다른 목사는줄곧 기도하면서도 게임 중에는 자기가 살기 위해 남을 먼저 쳐 죽이자고선동한다.

극 중에만 나오는 우스꽝스런 설정일까? 그렇지 않다. 현실의 뉴스도 드라마 못지않다. 수시로 들리고 목격되는 일들… 두 얼굴을 가진 듯 보이는그 목사만 그럴까? 나는? 이전 교회를 다닐 때 주일예배를 마치고 거룩하게 성전을 나오다 주차장에서 싸우는 기가 막힌 반전을 더러 보았다. 패를지어 흉을 보는 무리도 있고…

내 속의 욕망들을 거울 보듯 볼 때면 나는 절망감을 느낀다. 배가 고프지않아도 비싼 음식만 보면 마구 먹고 싶은 식탐 욕망. 남에게 인정받고 싶은 정도를 넘어선 칭송받고 우월하고픈 명예욕. 쉴 틈도 없이 자극만 받으면 스치는 성적욕망 충동적 몸의 욕구들. 가져도 가져도 다다익선으로 꿈꾸는 재산에 대한 부자 욕망...

그러는 중에도 한여름의 물 한 모금처럼 간절히 꿈꾸는 바람이 있다. 성결하고 흰옷처럼 오염 없는 감정 생각 본능 등 잔잔함이 나를 채워주기를! 새벽의 이슬처럼 맑고 깨끗한 성품을 바라는 소원도 있다. 양보하고 나누고 남의 아픔을 내 마음처럼 느끼고 감싸는 사람되기를 바라기도 하고. 이 모든 바람이 이중위선과 거짓에서 나오는 기도가 아닐 때가 있다. 도무지 이루어지기 힘든 내 안의 탁한 그릇을 알면서도 그러기에 더 바랄 때가…

자주 궁금했다. 왜 하나님은 우리 속에 이 두 가지를 다 몰아 넣었을까? 함께 살기에는 어울리지도 않고 서로 비극인 본성을? 이 괴로운 이중성에도 불구하고 삶을 유지하는 방법은 뭘까? 둘을 다 인정하고 안고 사는 균형? 성결함을 향한 기대를 포기? 끈적거리고 꿈틀거리는 몸의 본능을 없는 척 외면? 무엇이 우리가 사람으로 사람답게, 신앙인의 명함을 가지고 수치도 아니고 위선도 아닌 솔직한 사람으로 살게 해줄까? 숱한 질문들이 꼬리를 물고...

광야를 뺑뺑이 돈 이스라엘백성은 끝내 가나안 땅을 들어가지 못했다. 노예생활로 고단할 때는 탈출과 해방을 절절히 기도했고, 드디어 탈출한 후 닥치는 위기나 고난앞에서는 나온 것을 후회했다. 원망하기조차 했다. 차라리 노예로 죽게 내버려두지 그랬다고, 배고픔을 호소해 만나를 먹게 해주니 고기를 못 먹는다고 불평했다. 메추라기를 주니 더 끌어 모아 쌓겠다고하다가 썩은 내가 진동했다.

일생을 불안과 불평을 놓지못하고 원망으로 사는 사람이 있다. 아무리 형편을 좋게 해줘도 그 나아진 자리에서 또 불평거리를 찾는다. 제대로 된 사람은 상황이 나빠져도 나빠진 자리에서 감사 이유를 찾는다.

병원을 나와 바뀐 일상에 적응하려 애쓰다 나를 돌아 본다. 무엇이 어떻게 변해도 내가 흔들리면 늘 그 자리가 지옥이 된다는걸. 두 세계가 내 한 몸 안에 진을 친 이 상태에서 내게 평화가 가능할까? 이루어질 수 없는 꿈을 건너지 못할 강을 바라보는 심정으로 사는 한 내게는 늘 메마름과 아픔과 후회는 사라지지 않을 것이다.

'불행과 두려움은 언제나 어떤 상황 안에 있지 않다. 그 상황에 머무는 내 속에 욕망과 선함이 둘 다 있고, 그 속에 평안과 불안 둘 다 있기 때문이다'

제14화 '난 저렇게는 못 살지' 했는데...

팔순이 넘은 세 분의 할머니를 아침 저녁 24시간을 보며 지낸다. 거동을 제대로 못하는 분도 있고 인지력이 떨어져 엉뚱한 말을 달고 사는 분, 수시로 대소변이 조절되지 않아 기저귀를 차고 간병인의 힐난을 듣는 분, 문득아, 나는 저 나이에 어떻게 살까? 최소한 혼자서도 살 수 있기를⋯ 중얼거렸다.

그러다 지나간 생각들이 다시 떠오른다. 스무살쯤에는 마흔 아저씨들이한심했다. 배는 나오고 걸핏 어울리지 않는 옷에 젊음에 매달려 애쓰는 모습들도. 내가 그 마흔이 되었을 때는 육십 넘은 분들이 딱했다. 아무 꿈도용기도 남지 않고 잔뜩 웅크린 삶과 위축되면서도 어른 대접을 받으려는이중성이, 난 육십이 되지 않고 이 땅을 떠나고 싶었다.

그러나… 어느 사이 그 나이가 되고 더 채울 욕망보다 못 이룬 남은 것을 세어보니 할 수 있는 것보다 못하는 종류가 많아졌다. 그리고 팔순이 넘은 분들을 보며 또 두려워했다. 난 저렇게는 살아남고 싶지 않다. 무엇을 위해, 무슨 유익을 얻자고…

그러다 철렁 가슴이 내려앉는다. 지난 몇 번의 속수무책 나이 들어 가며 슬그머니 수용하고 적응하던 경험이 분명 그 팔순도 그대로 밟아서 살려고 애쓰며 지나갈 것이라는 불안한 예감이 들었다. 되고자 하지 않아도 도착하고 변하던 기억, 늙어간다는 것, 죽음을 향해 다가가는 것, 아무도 원하지 않아도 그 자리에 가서 서는 생명.

다시 눈을 돌려 새로운 장면을 본다. 스무살에 십대를 보며 가소롭던 웃음, 마흔살에 스무살을 보며 애송이라던 느낌, 육십에 마흔을 보며 아직도 인생을 모르지 어리석은 세대여! 라던 기억. 그러다 짐작해본다. '저 팔순 넘은 분들이 나를 보며 지금 무슨 생각을 하실까? 온갖 두려움과 놓지 못하는 미련들을 보며 '그까짓 지고도 못갈 걱정은 뭐하러…' 하실까?

조금은 흰색과 검은색이 섞인 머리처럼, 자연스럽게 넘치는 것과 모자라는 것을 안고 살아가고 싶다. 그게 다 나의 현 주소지였으며 나의 생이었던 것도 인정하면서! 자신감도 두려움도 다 내 몫이며 실상이었음을.

"어르신, 잘하고 계십니다! 몸이 불편하고 외로워도 견디시는 것,
식사 꼬박하시고 몸 움직여 운동하시는 것, 가족들 면회 못와도 기다리시는 것, 모두 모두 다요!" 응원을 해드리고 싶었다.

###

'낡아도 멋진 나이'

파란만장하고 / 풍잔노숙하고 / 우여곡절하고 / 희노애락하며 / 망망 대해를 거친 / 그런 삶을 비웃지 말고 / 스스로 기죽지도 말자 / 바람에 씻기며 / 햇살에 바래지며 / 풍파에 멍들고 / 사연에 상처도 나지만 / 그 렇게 세월을 산 인생이 / 고풍스럽고 멋드러진 / 노년의 아름다움은 / 진 짜 자랑스러움이다

오래된 가옥 / 오래된 가구 / 오래된 옷처럼 / 탈색되어 바래진 색도 / 올이 끊어져 구멍난 곳 / 낡아져 위태한 곳도 있지만 / 닦고 쓸고 추스리 고 고치고 / 그렇게 만들어진 물건처럼 / 우리네 목숨은 / 하나의 빈티지 명품 / 누가 뭐라고 해도 / 하나님께 / 또 내게 / 낡아도 멋진 나이

 제15화 선 택

그만 사는 것은 쉽습니다
계속 사는 것이 어렵습니다
이제 그만할까 싶을 때마다 생각합니다
좌절은 오늘만 죽는 것이 아니라
내일도 죽는다는 사실을
그만살까 싶을 때도 생각합니다
그건 나만 죽는 것이 아니라
나를 사랑하는 사람들도 상처받고
생명외에도 많은 것을 상실한다는 것을…

희망은 두 번 살립니다
오늘과 내일을
절망은 두 번 죽입니다
미래와 함께 지금도...

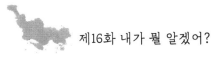

제16화 내가 뭘 알겠어?

우리 병상 건너편 침대에는 90 좀 넘은 할머니가 계신다. 코로나때문에
아들 딸도 못 와서 힘들어 하신다. 치매 초기가 와서 설명해도 기억이 오래
안간다.

'자식이 많으면 뭘해…'
'요즘은 80만 넘으면 이런 곳에 다 보내고 안와'
'오래 살지 말아야 하는데…'

자주 이런 서운한 말씀을 하시고 슬픈 표정을 짓는다. 간병인은 그때
마다 다그치듯 말한다. '그런 슬픈 생각 하지말고 좋은 생각을 해야지!'라
고…

난 들으면서 속으로 삿대질을 했다. '니가 늙어봐라! 니가 슬퍼봐라! 생각 안 하고 싶다고 슬프지 않아지나? 그럼 세상에 우울증 걸리고 슬플 사람 한 명도 없겠다!' 라고.

슬픈 생각, 외로움, 서운함, 두려움, 그거 저절로 몰려 온다. 코끼리 생각하지마! 하면 종일 코끼리가 어슬렁거리듯 나이 들고 몸 아프면 파도처럼 끝도 없이 저절로 아침 저녁 몰려 온다. 안 좋은 기분 안 좋은 감정 우울한 생각들이…

그럼, 우울한 기분에 빠져드는 사람에게 도대체 어떤 말을 해줘야 하나? 깊이 생각해 보면 해줄 말이 별로 없다. 내가 십여년이 넘도록 아픈 아내의 곁에서 겪은 경험은 온갖 말을 다 해보았지만 별 쓸모없는 말들이었다. 그 당시, 그 순간에는 그랬다. 물론 조금 회복되고 조금 나아지면 그 모든 말이 도움이 되기도 하지만 수렁으로 미끄러져 들어가는 슬픈 그 순간에는 그랬다.

'그저 바라만 보고 있지 / 그저 눈치만 보고 있지 / 늘 속삭이면서도 / 사랑한다는 그 말을 못해 / 그저 바라만 보고 있지 / 그저 속만 태우고 있지'

나미의 빙글빙글 노랫말이 딱 맞다. 그저 곁에서 손만 잡고 있지. 그저 들어주고 그저 바라봐주고, 그저 울면 휴지나 집어 주고, 그저… 곁에 누군가 있다는 안심을 느끼게 해주는 역할?

참 재미없고 별 신통찮은 배역이지만 그 하나가 없는 사람들은 끝내 몸을 던진다. 아무도 없다는 지독한 외로움에 몰려 죽음이라는 밀실 독방 절망의 세상으로…

그러니 뭐 멋지고 그럴듯한 대단한 말 못 해줘도 된다. 머리 아프게 찾을 필요도 없다. 그저 같이 살아준다는 더 큰 사명 하나면 된다. 주님이 우리에게 하신 것처럼 서로의 연약한 일상을 함께 곁을 지키며 휴지 한 장 들고 서 있으면 된다.

제17화 입장바꿔 생각을 해봐

아내가 초복날 병실 식구가 준 닭고기 몇점을 먹고 그만 심하게 탈이 났다. 앞 침상 할머니 환자의 가족이 만들어온 음식이라 미처 알지 못했다. 옻을 넣어 만든 옻닭이었다는 사실을. 조금 그릇에 담아 주는 음식을 받아서 눈으로 보면서도 그냥 닭백숙인줄만 알았다.

옻 독 알러지가 심한 아내가 된통 걸렸다. 먹는 약과 하루에도 몇번씩 연고를 벌건 몸에 바른다. 쉬지 않고 냉찜팩을 갈아가며 온몸의 열을 내린다. 가렵고 화끈거리는 아내도 못참고 나도 지친다. 5일째…

그것만이라도 쉴 새가 없는데 여전히 아내는 소변이 마려워 세시간마다 잠을 깨운다. 그것도 새벽 2시 3시를 가리지 않고. 가려움에 잠들지 못하니 더 자주 느껴지나보다. 어느 때는 졸린 눈을 뜰 수 없어 거의 눈을 감은 채로 소변 인공도뇨 넬라톤을 해낸다. 저녁 8시 10시 12시, 새벽3시 6시…

문득 수도원의 기도 시간이 생각난다. 하루에 5번, 어떤 수도원은 8번씩 평생을 기도 한다. 같은 시간에 그들은 기도를 나는 아내를 돌보느라 일어난다. 이 생활이 수도원 생활만 못하나? 내가 무슨 도를 얻을까? 에구...

문득 하나의 그림이 영상처럼 스쳐 지나간다. 내가 침대에 누워있고 아내가 나를 돌보고 있다. 우리의 입장이 바뀌었다. 세상에 흔한 일이다. 난 너무 가렵고 너무 아프고 너무 무섭고 너무 슬프고…

그런데 긴병 보호자가 된 아내가 고단하다고 내게 짜증을 내거나 시큰둥 무심하게 나를 챙긴다면? 마음은 바깥으로 나돌고 다른 곳에 온통 신경이 가 있다면? 더 못 산다고 나를 팽개치고 어느 날 보따리를 챙겨 가버린다면?

'….ㅠㅠ'

정신이 번쩍 들었다. 입장바꿔 생각을 해봐! 니가 나라면? 그럴 수 있니? 유행가 가사처럼 어떤 목소리가 반복해서 계속 수 없이 들렸다.

또 예수님이 한 이 말이 들렸다. '너희는 대접을 받고자 하는대로 남을 대접하라! 어느 날 물 한 그릇과 빵 한 조각으로 대접한 거지가 나 일수도 있으니!'

얼마나 밉고 서러울까? 난 아프고 괴로운데 배우자마저 억지로 나를 돌본다면? 그 상상에 가슴이 찡하고 울컥 목이 잠기며 눈물이 날 것 같았다. 아내는 한 번도 갑질이나 신경질 내지 않고 늘 고맙다고 한다. 환자가 돌봄을 받으면 을이지만 그럼에도 어쩌면 갑일지 모르는 돌보는 가족이나 간병인에게 많은 이들은 화를 낸다. 자기 슬픔 자기 괴로움이 너무 깊어 그러는 것이다

'잘하자, 내가 그 입장이라면 얼마나 아쉽고 힘들까?'

그럼에도 계속되는 질문 하나는 이거다. 우리는 왜 이런 고통을 만나고 언제까지 감당해야할까? 왜 세상은, 인간은 행복하기만 하다가 죽으면 안될까?

'서복' 이라는 영화에서 들은 잊혀지지 않는 대사가 기억난다. "언젠가는 죽는다는 두려움이 인간으로 하여금 삶의 의미를 추구하게 만들지요. 그런데… 그 두려움이 없어진다면 인간은 인간성을 상실하게 되고 남는 건 욕망뿐입니다. 죽음이 사라진 무한한 삶에선…욕망도 무한해지고 갈등도 무한해질 겁니다. 역설적으로 죽음은 삶을 유지하는 근본적인 요소입니다. 다시 말해 인간이 죽지 않으면 인류는 스스로 멸망하게 될 겁니다 " 라고.

맞다! 우리의 괴로움과 두려움, 불안은 죽는다는 사실에서 온다. 죽지 않는다면 아무도 그러지 않을 것이다. 그런데… 죽지 않는 세상은 곧 지

옥이 될 것이다. 아무도 두렵지 않고 아무도 슬프지 않고 아무도 괴롭지 않다면? 아무도 평안치 않고 아무도 기쁘지 않으며 아무도 만족하지 않는다. 아무도 언제나 감사하지 않을테니…

눈 감고 하늘에 비는 수도자들의 기도와 마찬가지로 나의 기도는 나 외에 아내에게도 유익할 것이다. 나의 기도는 슬픔과 외로움과 지겨움을 안고 나의 기도는 생명과 죽음을 모두 감사할 것이다. 나의 기도는 오늘도 만나는 순간들을 견딜 힘을 빌 것이다.

"부디… 이 시간을 나와 함께 살자구요, 하나님! 아멘"

제18화 미움은 코로나처럼 전염되어도

'미움은 코로나처럼 전염되어 다른 사람에게 옮겨가도… 지금 나는 건졌습니다.'

오늘 오전에 우리 병실에 같이 지내던 환자가 퇴원합니다. 짐을 정리하느라 어수선한 병실을 뒤로하고 옥상으로 올라갑니다. 병원생활은 당연히 불편하고 늘 피난살이 같습니다.

그런 중에 4인실이나 6인실이나 비슷한 점은 만실일 때입니다. 냉장고며 화장실 등 사람이 많을수록 불편해지는 것이 늘어납니다. 기본적으로 그렇지만 그중에도 좀 더 불편한 사람도 있습니다. 취향이라든가 성격상 사람 사이가 기본적으로 편하지 않은 사람도 있습니다. 그런 사람이 나가면 속으로 반갑기도 합니다. 그러나 문제는 금방 또 다른 환자가 빈자리를 채우고 들어온다는 겁니다.

새로 들어오는 사람은 완벽하고 선하고 밝기만 한 사람일까요? 제 경험으로 그런 법칙이나 행운은 존재하지 않습니다. 비슷하거나 혹은 좀 나은 사람도 오지만 때론 최악도 만납니다. 그러면 나의 미움은 이 사람에게서 저 사람에게로 옮겨 갑니다. 그것도 끝이 아니고 저 사람에게서 다시 또 누구인가로 계속됩니다. 돌아보면 미움만 그런 것이 아니고 사람만 그런 대상이 아닙니다. 나의 걱정과 원망은 돈에서 건강으로, 또 다른 대상으로 떠돕니다.

세상에는 사방에서 미움을 받아도 당연한 사람은 없습니다. 또 쉼없이 남을 미워해도 되는 자격을 가진 사람도 없습니다. 신기한 것은 미움을 받는 사람보다 미워하는 사람이 더 일그러지고 속이 망가져 병이 나며 오래 살지 못하기도 합니다. 그걸 알아도 사람을 옮겨가며 미워하고 대상을 바꿔가며 원망합니다. 안하면 되지 않냐고요? 멈추고 사랑하면 되지 않느냐구요? 그렇지요. 늘 사랑하고 기뻐하고 감사만 할 수 있으면 좋겠습니다. 진심으로… 그럼에도 참 안되는 게 내 마음이고 심보입니다. 생각을 하지만 실행은 어렵고, 늘 각오는 하지만 이어가지는 못합니다. 그래서… 오호라! 난 곤고하고 슬픈 사람입니다.

아내가 희귀난치병 초기에 사지마비가 되어 지낼 때입니다. 아내가 상태가 심해 침대에서 변을 보고 기저귀를 갈아야만 하던 난처한 시절에 우리를 많이 미워하던 아주머니 환자분이 병실에 같이 있었습니다. "냄새나서 못살겠네! 이런 환자만 따로 모아서 방을 줘야지!" 그렇게 병실 사람들다 들리도록 투덜거리고 문을 쾅하고 닫고 나가기도 했습니다. 죽을 죄를 지은 사람처럼 나는 입을 다물고 고개를 숙인 채 선풍기를 세게 틀고 창문만 열었다 닫았다 했었습니다.

또 수술한 다리가 걷기에 아프고 불편하다고 종종 그분은 그랬습니다. "이렇게 사느니 콱 죽어버려야지! 무슨 재미로 살아…" 험한 불평을 병실 사람들이 다 들리도록 입에 달고 살았습니다. 온몸이 사지마비되어 서고 걷기는 고사하고 앉지도 못하는 사람앞에서 그런 말은 정말 심한 상처가 되고 좌절감을 주는 말이었습니다.

그분은 지금은 좀 잘 살고 지내는지 가끔 궁금합니다. 우리에게 그런 식으로 미움과 스트레스를 다 풀어놓으며 지냈으니 아무 응어리 없이 한줌 그늘도 없이 행복하게 지내실까요? 그 말을 들었던 나는 깊이 새겨진 상처가 십여년이 지난 지금까지도 잊히지 않고 그때 감정과 비참한 시절의 기억을 지우지 못하고 사는데…

그래도 세월이 흐르는 만큼 서운함도 흐려지고 가벼워지는데 그렇게 미워한 사람은 부디 당한 저보다는 더 낫기를 바랍니다. 아니면 그 미워하는 일이 얻을 소득이 뭘까요? 얻는 것, 변할 것이 아무것도 없다면 그런 삶을 반복하며 산다는 것은 얼마나 쓸데없는 행동일까요?

습하고 찌는 듯 뜨거운 뙤약볕이 걷는 나를 힘들게 하였는데 갑자기 하늘에 먹구름이 몰려와 햇빛을 막고 그늘이 지더니 바람이 붑니다. 온몸이 이렇게 시원하고 짜릿할 수가 없습니다! 신나고 행복해집니다! 그러나 옥상을 올라올 때부터 신나고 행복했다면 이렇게까지 시원하고 행복한 감정은 아니었을 겁니다. 이 정도의 기분은 못 느꼈을 겁니다. 이 시원한 그늘과 불어주는 바람이 천금 같았을까요? 당연할 뿐이겠지요.

우리 병원 옥상은 아주 조그만한 평수의 공간입니다. 병원 사람들이 바깥 출입이 통제되면서 전부 이 옥상에 올라옵니다. 더구나 사람들의 심리나 선택이 비슷해서 같은 시간대에 한꺼번에 올라옵니다. 덜 더운 시간, 좋은 날씨의 타이밍에 몰립니다. 저는 좁은 옥상 면적에 열 명 정도까지는 참고 걷지만 스무명 가까운 간병인과 환자가 올라오면 포기하고 돌아갑니다.

다른 분들은 마치 양떼나 참새무리같이 수다를 주고받으며 잘 걷지만 난 성격때문인지 서먹하고 발에 치어서 가능하면 다른 시간을 이용합니다. 그러다보니 내가 걷는 시간은 대부분 덥고 햇볕이 뜨겁습니다. 아니면 비가 뿌리거나 밤 늦은 시간 연속극 드라마 하는 시간입니다. 그래야 좀 한가하고 편히 자유롭게 걸으며 노래듣고 묵상하기가 좋습니다. 마음을 위해 몸이 불편을 감수하고 기꺼이 수고하는 모양입니다.

몸에 입이 있다면 분명 '이런 불공평한…투덜투덜' 욕 좀 먹겠지만요. 그래서 뜨겁다가 시원해지는 이 호사는 열배 스무곱절로 좋습니다! 사막에서 오아시스를 만나 샘물을 마시는 사람의 심정이 이렇지 않을까요? 같은 원리로 나의 모든 삶을 스치고 때로는 때리고 지나가는 어려움 슬픔, 상처가 되기도 한 괴롭웠던 말이 언젠가는 큰 감사의 바탕이 되기를 바랍니다. 이 인생의 많은 거친 날들이 그러기를…

주님이 그러셨지요. "수고하고 무거운 짐짐자들아 다 내게로 오라! 내 집은 쉴곳이 많다!" 라고., 그날이 언제쯤인지 살짝 알려주시면 안될까요? 그리고 가는 동안에 변덕 부리고 생각대로 각오대로 못살아 곤고하고 슬픈 사람도 무사히 마치고 늘어갈 수 있도록 힘 좀 보태 도와주시고요.

미움과 원망의 마음이 코로나처럼 옮겨가며 나를 못나게 만들지라도 날마다 달음박질하는 사도바울처럼 푯대를 향하여 걷겠습니다! 언젠가 이 삶을 마치고 주님이 주시는 '내 집 쉼터'에 이를 수 있다면요!

제19화 작은 일에 상처받고 행복하고

"아버지, 보냈어요..."
"어디로?"
"아는 친구에게요"
"그랬구나, 좀 서운하지?"
"예! 안 떨어지려고 울어서 좀..."

　그래서인지 둘째 아들의 얼굴이 안좋아보였다. 아들은 군대를 다녀온
후 취업이 쉽지 않았다. 이것 저것 시도 해보는 것도 잘 안풀렸다. 제대하
며 조금 받아온 생활비도 떨어지고 있었다. 아들은 편의점 심야 타임을 꼬
박 알바로 일하며 지냈다.

　그러다 새끼고양이 한마리를 원룸에 데리고 왔다. 낮에 잠을 자고 오후

에 이것저것 다른 수입이 될 만한 일을 시도 해보다가 또 근무를 나가고, 그런 생활이 아들을 많이 우울하게 만들고 외롭게 했던가 보다.

그러다 그 생활도 더 이상 유지할 수 없어 형과 함께 살기로 했다. 작은 집에 얹혀살려니 살림이며 짐을 다 정리해야만 했다. 고양이도 그 대상이었다. 아들은 그새 정이 든 고양이를 보내고 슬퍼하고 나는 그런 아들을 보면서 슬펐다. 우리는 각자 다른 대상을 보며 슬퍼 했지만 이유는 같았다. 능력이 모자라 같이 지내거나 힘이 되지 못한다는 자괴감... 작은 일이지만 상처받은 그 날의 감정이 오래 남았다.

"나 많이 속상해요..."
"무슨 일인데?"
"아들이 나보고 당신 좀 힘들게 하지말래..."
"당신이 나를 뭘 힘들게 한다고?"

아내가 나에게 무슨 말 끝에 서러움에 받쳐 눈물을 지었다. 문득 아차! 싶은 생각이 났다. 아들과 병원 밖에서 밥을 먹으며 난 이런저런 고단함을 푸념처럼 아들에게 늘어놓았다. 그 넋두리 속에 나도 모르게 애들 엄마를 흉본 게 있었나 보다. 가령 운동 삼아 걷기 나갔다 좀 늦게 들어오거나 하면 엄마가 짜증을 낸다고 했던 말.

아내는 아들이 아빠 편만 들고 자기를 나무라듯 그러지 말라고 말했다고 울었다. 그 서운했던 순간을 나에게 털어놓으면서 또 눈물 콧물이 터졌다. 정작 아들에게 고자질한 나도 아들도 잊어먹고 있는데... 작아 보이는 그 말이 아내에게만 잊혀지지 않고 상처가 되어 돌아왔다. 작은 돌에 맞은 개구리가 다치듯 작은 일에 상처받은 사람도 아프다.

그 반대도 있었다. 어느 날 조용한 병실에 갑자기 푸하하하! 큰소리로 웃음보가 터진 아내, 깜짝 놀란 내가 무슨 일이야? 물으며 살펴보면... 영락없었다. 주로 아내가 좋아하는 유재석과 그 일당들이 모여 수다떠는 토크쇼!

작은 일에 상처받는 사람이라 반대로 작은 웃을 일에도 그럴 수 있는 걸까? 어떤 날은 몸도 아프고 몹시 우울해서 가라 앉았다가도 해피투게더나 놀면뭐하니 같은 프로그램을 보다가 폭소를 터뜨린다.
언제 내가 그랬냐? 하듯, 기가 차고 어이가 없어 나도 따라 웃는다.
아내의 혈액형이 O형이라 내가 자주 놀린다. 단순 용감 무지하다고!

금방 잘 잊고 오랜 앙금을 담지 않아 어떤 때는 부부싸움을 한 후에도 밉다. 난 아직도 안 풀렸는데 아내는 좀 전에 싸운 사이 같지 않게 털어버리고 말 걸어와서. 하기는 그렇게 단순하고 몰입하는 성격 덕분에 긴 투병도 가능한지도 모른다

"와! 축하 축하~"
"무슨 일이야?"
"드디어 당신 신용불량자 명단에서 해방될 희망이 생겼어!"

내가 스마트폰을 아내에게 보여주며 하이파이브를 청했다. 아내가 회귀

난치병이 걸려 초기에 너무 많은 병원비를 쓰면서 빚을 졌다. 나중에 집을 팔아 다른 빚은 갚고도 신용카드 빚은 못 갚았다. 그 원금과 이자가 한 해 한 해 흐르다가 눈덩이처럼 불어 끝내 아내는 신용불량자가 되었다.

수시로 날아오는 강제집행 경고문, 채무회수회사가 바뀔 때마다 전화를 걸어와 온갖 법 규정에 안 걸릴 말로만 괴롭힘을 해댔다. 내가 사정을 설명하고 제발 강제집행이고 압류고 뭐든지 해달라고 했다. 그러나 그들은 정말 질긴 고수였다. 밀당을 하며 그냥 끌고만 갔다. 결정적으로 원금이 적어 법적으로 개인파산도 안되고 워크아웃도 안되었다.

그러다... 금년 초 법이 좀 개정되어 신용회복위원회에 호소를 했다. 그곳에서 나를 대신해 채권사와 협상을 해주었다. 1월 혹한을 무릅쓰고 아내를 데리고 찾아간 신용회복위원회, 가능성은 반반이었는데... 석달만에 회신이 왔다. 이자는 면제해주고 원금만 8년에 걸쳐 매월 갚아 나가는 조건! 아이들에게 빚을 물려주거나 상속포기서를 내는 수치를 피했다. 부모로서 못난 꼴을 아이들에게 보이지 않아도 된다.

4개월만에 드디어 통장에서 자동출금이 되고 그 내용이 찍혔다. [4월26일- 신용회복1차분 58,600원] 총 96회중 1회, 앞으로 남은 95회... 아! 돈 나가고 빚 갚는 이 시작이 왜 이리 눈물 나게 행복할까? 아내와 나는 그 출금된 통장의 한 줄 내용을 보고 또 보며 행복해졌다. 이 작은 일이 이루어지기까지 지나간 여러 기억들은 힘들었다. 다 갚도록 8년을 아내나 내가 안 죽고 살아낼 수 있을까? 그 걱정은 남지만.

돌아 보니 우리는 늘 작은 일에 울고 웃으며 살아왔다. 나도 아내도 큰 욕심이 없어서 그랬기도 하고, 한편으론 너무 큰 일은 아예 당연해서 그랬던 것 같다. 가령 반드시 다가올 죽음 이라든가, 사람을 너무 믿거나 의지하다가 실망하는 거, 그런 당연한 일에는 오히려 초연했던 것 같다.

그런데 다가올 죽음은 인정하고 편하게 수용하는데 반해서 사는 과정의 일들에는 목을 맨다. 소유나 결핍에도 그렇고 미움이나 친절에도 감정이 요동친다. 작은 일에도 상처받고 작은 일에도 행복해 한다. 이론상으로나 머리로는 죽음에 비하면 아무것도 아닐 수도 있는데도.

하긴 그 바보같은 희노애락도 없다면 지루해서 어찌 살까? 감사도 원망도 없는 가족들 사이란 상상하면 끔찍하다. 아마 사람과 하나님 사이도 그렇게 될 거다. 천방지축 원망과 감사가 때도 시도 없이 오가지 않는다면 어떻게 친밀한 정이 들까? 죽고 사는 큰 계약만 지키고 완료! 하며 무슨 사무 처리하듯 악수로 끝낼지도...

이해 못할 많은 일들과 번잡한 감정을 주신 하나님이 고맙다. 그래야 우리가 서로 추억을 가진 소중하고 아름다운 사이가 되고! 그래야 긴 날을 회색빛 권태가 아닌 알콩달콩 무지개로 살테니!.

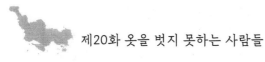

제20화 옷을 벗지 못하는 사람들

"누가 상담을 해달라는데 당신 생각은 어때?"

"무슨 상담? 난 그런 거 싫은데..."

"왜?"

"실컷 말해봐야 다 자기 성격대로 스타일대로 하는 거
알면서 입 아프게 말하면 뭐하나 싶어서..."

아내가 누가 상담을 부탁한다고 말했고 나는 거절했다. 그런 말을 주고
받다가 나는 내가 어떤 사람인지 알았다. 내 문제는 늘 내가 정하고 잘 안
풀리면 혼자 끙끙 앓으면서 오래간다는 거.

남에게 자기 속을 다 털어 놓지 못하는 사람. 남이 하는 말을 다 받아들
이지 못하는 사람. 딱 내가 그런 사람이었다. 대개 이런 사람들은 자기의

고민이나 진로를 오직 자기의 생각, 감정, 판단으로 정한다.

스스로를 구조하며 살아가는 방식이다. 이런 스타일의 사람이 자기 속에서 자기를 구제하는 힘을 못 내거나 길을 찾지 못해 벽에 막히면 방법이 없다. 완전 고립되고 길을 잃고 절망 한다.

종종 이런 사람들이 극단적인 선택을 하기도 한다. 또는 이런 사람들이 가장 종교적인 사람이 되기도 한다. 오직 신만이 대화와 의논의 대상이 되고 오직 신만이 자신을 위로하며 동행해주는 대상이 된다. 왜? 어째서 그게 가능할까? 신은 무슨 말에도 이의가 없고 어떤 대답도 하지 않기 때문에. 아이러니지만.

어떤 사람이 가장 흔한 가까운 친구나 이웃 사람에게 모든 고민과 감정을 털어놓고 무슨 말도 위로가 된다면, 그리고 모든 상황을 해결할 수 있어 웃고 평안을 얻을 수 있다면, 그렇다면 그 사람이 굳이 신을 왜 필요로 하겠는가? 그리 가깝고 쉬운 길을 두고!

그런 방식, 그런 스타일로 살지 못하는 사람들이 언뜻 고상하고 성숙해 보이지만 위태로운 방식으로 산다. '신이여! 당신만이 나의 길이고 해결자고 위로자입니다!' 라며. 물론 진심으로 남을 사랑하고 이해하는 훌륭한 성자도 많지만 더 많은 사람들이 안 그런 홀로이스트에 해당되기도 한다.

대개 이런 사람은 선천적 유전자가 원인이거나 자라는 환경에서 만들어진 불신과 두려움이 원인이기도 하다. 고독한 생을 살다가 자기 성에 갇혀 비극적 죽음을 맞이한 꽤 많은 작가 음악가 심지어 성직자 중에도 이런 사람이 많다. 헤밍웨이와 고흐, 빨강머리 앤의 몽고메리 버지니아 울프, 죽은 시인의사회 로빈 윌리암스 패왕별희의 장국영과 영원한 가객 김광석 등등 참 많다. 안타깝게도.

내 문을 열고 나도 나가고 남도 들어오게 귀 기울이는 사람들이 날마다 쉽게 울기도 하지만 쉽게 웃기도 하며 행복하게 산다. 그들은 친구가 많고 가볍게 선행도 많이 베풀며 산다. 진심으로 내 벽을 허물지 못하는 사람들은 의외로 외롭다. 누가 그랬다. 그런 성에 깃히고 다른 사람이 답이 되지 못하는 이들을 '옷을 벗지 못하는 사람들' 이라고.

난 너무 많은 옷을 입고 벗지 못하며 담을 만들고, 그 이상의 벽, 성을 쌓고 스스로 그 안에 종종 갇혔다. 그 결과로 괴롭고 외로운 생을 만들어 버티며 살아가고 있다. 너무 오랜 혼자 살기의 부작용이 나를 만들었고 하나씩 껍질을 벗어내기에는 시간이 너무 걸리고 있다. 딱하게…

제21화 고통과 사랑과 품격

〈고통과 사랑과 품격 - '신은 우리에게 두 개의 콩팥을 주었다'〉

아는 분이 몸담은 출판사에서 낸 책이다. 추천해주는 글을 보고 바로 구매를 했다. 읽고 싶었다. 궁금했다. 아픈 아내를 13년째나 돌보며 병원살이를 하는 중인 나. 아픈 사람의 이야기가 진절머리 날 만도 한데 뭐가 더 궁금하다고...

저자 정호씨가 책속에도 여러번 쓴 남의 질문, 나도 그랬다. "무섭지 않았어요? 어떻게 그런 결정을 했어요? 나라면 못할거 같은데..." 오랜 당뇨를 달고 살다가 심각하게 진전되어 신장투석을 하는 남편. 말기신부전증으로 죽기까지 하루 건너 4시간씩 투석으로 하게 되었다.

사는 날을 그렇게 보낼 수 없고 그 고통과 합병증은 외면 못할 일이었다. 대안으로 나온 콩팥 이식, 많은 사람들이 공여자를 못 구해

줄 서고 몇 년씩 기다리다 그냥 세상을 떠나기도 하는 그 난이도 높은 길. 정호씨는 자신의 콩팥을 남편에게 제공할 수 있는지 검사를 시작했다. 가상 확률이 높을 아들이 두 명이나 있었지만 정호씨는 뒤로 물렸다. 아들 둘도 가족이 있고 가장으로 살날이 많은데 행여 지장이 될까봐 그리고 또 다른 한 생각이 그를 결심하게 했다.

'꽃은 자신을 위해 향기를 퍼뜨리지 않고, 달은 자신을 위해 어두운 길을 밝히지 않는다. 이순을 넘어서니 자신만이 누리는 행복이

얼마나 허망한 것인지 깨닫게 되었다. 나로 인해 어느 누가 행복했다면 그런대로 잘 살아온 삶일 것이다 - 책속에서'

그랬다. 그는 남편을 사랑했고 같이 행복하기를 원했다. 그 사랑은 아들에게도 향했고 그래서 자신이 감당하기로 한 것이다. 운이 좋았다고 했다. 결심해도 여러가지 조건과 검사를 통과 못해 장기를 제공하지 못한 채 배우자를 떠나보내는 부부도 많다. 거부검사 혈핵형 등 여러 검사를 통과해서 콩팥을 줄 수 있는 것도 감사했다. 제공 후 닥칠지 모를 그 두렵고 무서운 예상 때문에 수술 직전에 포기하고 도망치는 경우도 숱하게 많아서 드라마 영화로도 다루어졌었다.

콩팥을 이식하는 수술이 끝나고 부부는 나란히 회복기를 보낸다. 수술 후의 고통, 병실생활의 불편함 슬픔을 보고 느끼며 알았다. 자신이 얼마나 좋은 이웃과 지인들로 둘러쌓였는지, 그것이 얼마나 감사하고 행운인지

고백한다.

나는 읽으면서 그 환경, 그 이웃은 저자인 정호씨가 만든 것이라 느꼈다. 그의 지난 삶이 한올 한걸음씩 만들어온 결과로 보였다. 카톨릭대학 생명대학원을 졸업하고 천주교 서울대교구 생명사목연구회와 카톨릭 생명윤리연구소 연구위원으로 활동중인 그의 이력이 비쳐보였다.

'병원에 가보면 세상사람이 죄다 아픈 것만 같다. 아프다는 것은 나이와 성별을 가리지 않는다. 그럼에도 친지와 벗들로 둘러싸인 환자에게선 밝은 기운이 느껴지고 홀로 웅크린 환자는 더할 수없이 아파 보였다. 회복 또한 더딜 것만 같았다. 외롭다는 것 자체가 고통이기도 하니까 - 책속에서'

나도 13년 동안 병원을 스무군데 가까이 옮겨 살면서 겪은 일이다.
여러 상태의 환자들과 그 가족들을 생생히 보았다. 잘 참고 밝은 사람, 옆 사람까지 잡아먹을 것처럼 못 견디는 사람. 막다른 벽에 막혀 신음과 통곡을 해대는 사람. 죽음도 수용해서 조용한 표정으로 맑아진 사람까지...

그리고 백배 천배 공감했다. 아니 깨달았다. 내게도 많은 사람들을 보내주시고 그들을 통해 필요한 것들을 제공해주셔서 자주 밝은 웃음을 짓고 너무 웅크린채 오래 참지 않을 수 있었다는 사실을. 맹세코 고백하기는 내 경우는 내가 쌓고 만든 덕분이 아니었다. 순전히 주어진 은총이거나 아내와 자식들의 성품 덕분이었다.

공여자의 퇴원, 한 달 후 남편의 퇴원. 그러나 첩첩이 기다리는 산을 넘는 생활은 계속되었다. 어쩌면 투석을 받으며 지낼 때보다 몇배는 신중한 생활. 계속되는 이식수술후의 검사들 감염이나 혹시나 닥칠 거부반응 등 마음을 조리고 한 계단 한 단계마다 노심초사 건너는 생활이었다. 모든 먹는 것을 환자에 맞추고 재료와 조리법까지 끓이고 소독하고. 그 과정에 돌보는 이나 환자나 지치지 않으면 사람이 아니다.

세상 많은 가족들이 사랑한다면서도 넘지 못하고 걸리는 문턱이다. 그 환자와 돌보는 이의 역할이 오래가면서 지치고 원망하게 되는 슬픔, 심하면 십년공부가 아니고 이십년 돌봄도 슬픈 동반자살이나버리거나 극단적으로 돌봄을 끝내버리는 비극이 그래서 나온다. 사랑도 못 넘는 그 지독한 과정 고통을 누가 알까? 겪어보지 않은 사람들의 눈에는 안 보이고 안 들리는 그 실상...

"병원에 연락하면 또 응급실로 오라고 할거고 당신은 어찌 생각할지 모르지만 나는 응급시르가는 것이 정말 지겹다고!"

"....휴, 나는 안 그런 줄 알아요? (생략) 나도 이러고 싶지 않아요.

지난 30년 동안 얼마나 마음 졸인 줄 알아요? 그때마다 말도 못하고 눈치만 보면서 지내왔단 말이예요. 미루고 미루다 이 지경이 되지 않았나요?"

가시 돋친 내 말에 나도 정말 놀랐지만, 성조(남편)의 마른 얼굴은 끝내 일그러졌다. - 책속에서

참고 참았던 것일까? 벼르고 벼른 말일까? 내 경험으로는 꼭 그래서는 아니지만 고단함과 두려움이 쌓이고 생각의 차이가 충돌하는 순간이 오면

그만 터지고 만다. 정말 이를 갈면서 쌓은 사실도 아니고 감정도 아니었지만 쏟아지는 말을 다시 보면... 참아서 없어지지 않은 뭔가 있었다. 상대가 환자라서 정당한 말도 못했던 보호자의 쌓인 감정, 니가 알아? 몰라주는 간극을 삭이던 환자의 서운함 등

마냥 쌓여지다가 어느 순간 둑이 무너지고 심지에 불이 붙는다. 사랑하는 사이라고 무사하지 못하는 것이 있고 사랑해도 힘든 일들이 있는데 남들과 사이에는 말하면 뭐하나. 이런 일, 저런 일, 꺼내면 맞장구치느라 밤을 몇번도 셀 수 있다.

'북극해 연안에 사는 이누이트는 분노를 현명하게 다스린다. 아니, 놓아준다. 그들은 화가 치밀어 오르면 하던 일을 멈추고 무작정 걷는다고 한다. 언제까지? 분노의 감정이 스르륵 가라 앉을 때까지, 그리고 충분히 멀리 왔다 싶으면, 그 자리에 긴 막대기 하나를 꽂아 두고 돌아 온다. 미움, 원망, 서러움으로 얽히고 설킨 누군가에게 화상을 입힐지도 모르는 감정을 그곳에 묻어 두고 오는 것이다 - 책속에서'

아... 어쩌면 고통의 감정을 다루는 법은 배우지 않고 물려주지 않아도 서로가 비슷하게 찾아내는 걸까? 그 신비함에 놀란다. 나도 십년을 넘기는 병원 생활 동안 셀 수 없는 분노와 미움 원망에 견디지 못하고 종종 밤길에다 쏟아놓고 병실로 돌아오곤 했다. 심지어는 도로를 발길을 툭툭 차며 간혹은 길을 가다 만나는 죄없는 깡통을 발로 차서 하늘로 날리기도 했다. 휴...

정호씨도 그랬다. '이럴 때는 잠시라도 집밖으로 나가야 한다. 그게 그간의 시간을 통해 터득한 최선의 방법이다.' 라고 했다. 그리고 결과에 다다른다. 나도 무한히 반복했던 감정들...

'성조에게 서운한 감정이 들끓으면 마음이 쪼그라들곤 했다. 그러나 서운한 감정을 가만 들여다보면 그 한편에 나의 모진 구석이 언뜻 비추었다. 그것을 찾아내는 것 또한 사랑의 일이겠지. 사랑은 내 눈에 상대의 감정을 담아 마음을 살피는 일이니까. 그가 원하는 것을 해주는 것보다 싫어하는 것을 하지 않는 것이 어쩌면 더 큰 사랑이 아닐까, 하고 다독이고 다독인다. - 책속에서'

뭘 할 수 있을까? 다독이고 다독이는 결말 외에? 숱하게 많은 일과 숱하게 많은 날을 나도 그렇게 보냈다. 부부, 혹은 사랑하는 사이란 싸워서 이기는 상대가 아니니까. 그리고 이긴들 더 많은 고통의 짐을 부르고 잠 못들게 하니까. 알면서도 잘 안되고 두 사람이 다 해내야 가능한 것이라서 한 사람만 무한히 시행한다고 좋은 결과가 나오지는 않는다.

애석하지만... 그러다가는 온갖 폭탄이 만들어지고 그중 몇 개는 암으로 자해로 우울증으로 돌아와 사람을 죽이기도 한다. 잘 극복이 되었다면 그것은 두 사람 모두의 덕분이다.

'사람과 사람 사이에는 바람이 지나는 길이 있어야 한다. 아무리 부부지간이라도 남편은 아내에게, 아내는 남편에게 부모 노릇을 해서는 안되는 것이다. 그리고 자신의 추측대로 상대방을 속단해서도 안 될 것이다. 부부

가 아니라도 함부로 단정해서는 안되는 대상이 사람이다. - 책속에서'

나는 책을 보면서 계속 바람소리를 수시로 들었다. 긴장을 풀게 해주고 열을 식혀주는 바람의 서늘함도 느꼈다. 책을 읽으면서 자주 느끼지 못하는 경험이고 느낌이었다. 차의 향기를 느끼는 것 같고 시원한 대청마루에 앉은 듯 했다. 궁금증이 풀렸다. 나는 차를 배우는 대학원이 있는 줄 몰랐다. '한국다도대학원' 정호씨는 그곳을 졸업했고 강사도 했다. 서원대학교에서 '차학교육학'과 '차학교수학습이론'을 강의했고 서울대학교 '다향만당'에서도 다도특강을 진행했다.

〈스토리텔링으로 떠나는 꽃차여행〉과 〈여행길에 찻집〉, 또 〈마음 하나 챙겨 떠나는 찻집여행〉 등의 저서도 있었다. 그러니 정호씨의 생각과 결심, 행동에는 늘 차의 향기와 같은 품격이 느껴졌던 것 같다. 그 차분하고 향기로운 생각들이 삶의 고비마다 영향을 미쳤나보다.

그는 그 언저리를 '침묵'이라는 단어에 담아 표현했다. '사람이 태어나서 말을 배우는데 보통 2년이 걸린다는 말이 있다. 그런데 침묵을 배우는 데에는 60년이 걸린다는 말이 있다. 침묵이 말보다 어렵다는 애긴데, 그 말은 진정성이 담기지 않거나 숙고하지 않은 말은 침묵보다 가볍다는 의미 아닐까?' 라고 했다.

2020년, 불과 1년전 일어난 일들이었다. 남편의 투석, 돌봄, 이식 결심, 수술, 후 회복기, 등을 따라 오면서 책을 거의 끝냈다(고 생각했다) 딱 두 페이지를 남기고... 해피엔딩의 기분으로 책을 덮겠네 하는 내 단순한 바람을 꽤다. 단 두 페이지를 남기고 나는 머리를 얻어 맞는 충격을 느꼈다. '급성골수성백혈병' 정호씨에게 닥친 질병 진단이었다. 몸이 자꾸 이상해서 검사받은 결과였다. 지금 정호씨는 남편이 누웠던 병실 침대를 종종 눕고 정호씨가 앉아 지키던 보호자 자리를 남편이 앉아 밤을 새기도 한다. 콩팥을 준 의학적 원인이나 부작용 연결은 전혀 없다고 한다. 그러나 긴 불안과 스트레스 지친 몸을 추스르며 지나온 시간들이 결코 원인에서 벗어나지 않을 것이다.

나는 책의 끝 두 페이지를 남기고 발병한 정호씨에게서 나의 앞날을 겹치며 본다. 두려움과 또 하나의 언덕으로. 13년이라는 긴 세월을 병원 좁은 보호자 침대에서 살아 오면서 나도 여러가지 질병의 기초과정을 다 넘겼다. 당뇨 진입로를 들락거리고 황달과 입원직전의 간수치를 찍고, 위암 의심진단과 심장부정맥으로 응급실을 여러번 실려 갔다. 이유를 못찾는 다리와 손목, 허리와 어깨 등짝의 근육통증으로 여러 병원을 다니며 치료받고 검사하기를 반복했다. 내게도 곧 닥쳐올 일만 같아 마음이 무거워진다.

그러나 정호씨는 이것도 또한 넘어가겠지 라고 자신을 추스렸다. 나는 한편 이런 생각을 한다. 그래도 감사하다는 엉터리 생각을. '그래도 내가 아픈 아내보다는 분명 더 살 수 있을거야, 그것만이라도 정말 다행이고 하나님께 고맙지!' 정말 단 하루라도 내가 아내보다 더 살고 아내가 나보다 먼저 이 세상을 정리해주기를... 별 이상한 소원을 다 빈다.

(사랑이 뭐냐고 궁금해서 묻는 분들이나 배우자가 아파서 돌보는 분들

에게 이 책을 읽어보라고 권한다. 고통속에서도 빛이 바래지지 않는 사랑
과 일그러지지 않는 차의 향기, 바람의 느낌을 주는 품격을 공감하실 수 있
다)

제22화 생각을 멈추니...하늘이 보인다

오만 생각
오만 감정
낑낑 메고 질질 끌고
걷고 있어도 보이는 게 없었다
그저 잡동사니 큰 보따리처럼

어느 정도 지치고
어느 정도 시간이 지나
무심해진 틈
소음도 줄어들고
시선도 맑아진다

생각을 멈추니
길가의 꽃이 들어왔다
감정도 가라앉으니
바람이 느껴졌다
생각을 멈추니...
하늘이 보였다

걷는 것만 그런 게 아니다
기도도 그러하더라
어느 정도 시간이 지나고
어느 정도 무심해져야
생각도 멈추고
감정도 멈춰진다
그때라야 보이는 게 있다
있는 것이 있는대로
하늘이 하늘처럼

날마다 열심히 산다고
너무 어수선해져서
허둥지둥 걷기만 하는 동안은
밤길만 계속 가는 꼴이 된다
곁에 뭐가 있는지
하늘이 파란지
아무 것도 못보고

힘들기만 한 걷기처럼...

생각을 멈추면
하늘이 보인다
말하기를 멈추면
하늘의 말이 들린다

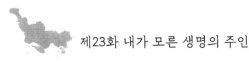

제23화 내가 모른 생명의 주인

'나는 몰랐다... 생명의 주인이 따로 있음을'

　여러 날을 몸살 통증에 시달리면서 동시에 아내의 코로나 백신 접종 후유증을 곁에서 돌보았다. 그러던 중 바로 옆 병실의 간병인 아주머니 한 분이 아침을 먹고 난 직후 갑자기 뇌출혈로 쓰러졌다. 링거 몇 병과 소변주머니, 산소통을 끌면서 긴급하게 큰 병원 응급실로 실려 가는 상황을 지켜보아야 했다. 목에서 꾸르륵 꾸르륵 거품 같은 소리를 듣는데 많이 놀랐다. 이어 생명회복이 거의 어렵다는 뒷소식까지 들었다. (결국은 돌아가셨다 단 이틀만에...) 하루에도 몇 번이나 같은 병동 같은 층에서 얼굴을 마주치고 보던 분, 중국에 딸 하나만 있는 60세 언저리 이 아주머니에게 불과 5분 사이에 닥친 이 충격적인 비극은 믿어지지 않았다. 누구도 예상을 못 했을 일... 늘 이런 식이다. 사람들에게 닥치는 예고 없는 사고, 갑작스런 중한 질병으로 모든 삶이 무너지는 경우들이 그랬다. 의문 하나가 꼬리를 길게 물고 여러 생각으로 이어졌다. '도대체 내 생명이 내 것이기는 한 걸까?'…

얼마나 많은 사람들이 '내일은, 혹은 '미래를 위해!' 라는 꿈 하나를 붙들고 허리띠를 조이며 참고 사는가? 많은 부모들이 자신들도 힘든 생활을 버티며 자녀들에게도 지금은 못해주지만 나중에 채워줄게 하며 달래고 입을 다물게 한다. 먹고 싶은 거 다 먹고 언제 돈을 버냐, 하고 싶은 거 다 하면 집 장만을 못 한다며 지금은, 오늘은 참고 견디라 몰아 세운다. 그놈의 내일, 미래는 정말 꼭 보장받은 것처럼 말한다. 정말 그럴까? '그날이 오기는 하고 그날까지 부모도 자녀도 안전하게 살아남는다는 보장은 있는 걸까?'

사람들은 참 용감하다. 많은 것을 가진 사람은 그걸 주구장창 누리겠다는 당당함으로 살고, 반대로 아주 없는 사람들은 그 긴 날 동안 내내 궁핍하고 시달릴 걱정에 미리 좌절하고 탄식을 한다. 양쪽이 공통점이 있다. 다 자기들이 오래 산다는 믿음 없이는 안 가질 태도다. 성경에 비슷한 이야기가 있다. 부자가 추수한 재물을 쌓아놓고 이제는 배 두드리며 살아야지 할 때 하나님은 가소롭다고 경고를 한다. '오늘 밤 내가 너 생명을 가져가면 그 재산 다 누구 것이 될까?'라고. 이 대상에서 예외가 될 사람은 없다. 그럼에도 많은 사람들이 계속 그런 생각을 가지는 걸 보면 정말 사람들은 용감하다. '도대체 생명의 유효기간을 과연 누가 보장해주는 걸까?'

안타깝게도 반대로 가난과 불행에 치어 고통스럽게 사는 사람들도 비슷하다. 그 고단한 삶이 얼마나 지속될 지 사실은 아무도 모른다. 물론 행복한 날보다 슬픈 날, 힘든 날은 몇 배로 시간이 길게 느껴지기도 하니까 더 그럴 거다. 그래도 진실은 아무도 모른다. 어느 날 끝이 나거나 상황이 바뀔지는. 그럼에도 감당이 어려운 감정은 미리 비극을 불러오기도 한다. 무리한 좌절감으로 파탄이나 자살 등 절망적인 행동으로... 남은 평생을 불행하게 살 것이 분명하지 않다면 그럴 필요가 없는 데도. 그 수치스러운 상태로 평생을 살 거라는 근거가 있을까? 그러고 보면 또 의문이 생긴다. '과연 생명의 주인은 누구일까?'

아는 분이 이런 말을 했다. '나부터 기쁘게 살아야 남을 기쁘게 해줄 수 있다'라고. 트집을 잡자면 내 맘대로 나만을 위해 이기적으로 살아도 되는 말로 치부할 수도 있다. 그러나 진심으로 듣는다면 그 말에 많은 공감을 하게 된다. 내가 기쁘게 살지 못하는 사람이 남을 기쁘게 해주는 것은 억지 춘향이거나 장님 코끼리 더듬기다. 아니면 뭔가 따로 목적이 있어서 하는 행동일 수도 있다. 나도 모르는 방법, 못하는 이론을 남에게 권하는 마음은 틀렸거나 잘못된 것일 수 있다. 그래서 나는 결심한다. (자식이나 부모, 이웃을 포함해) 남을 위해 살지 못해도 나부터 기쁘게 살자! 그리고 내일이나 미래를 위해 오늘을 희생하지 말고 지금부터 기쁘게 살자! 라고...

성경에서 하나님의 관심은 늘 오늘, 지금, 여기부터 였다. 그래서 '내일 일은 근심하지 말라!' 또 '오늘 필요한 양식만 기도하고 하루치 만나만 챙겨라!' 그랬다. 마지막 남은 음식으로 아들과 마지막 식사를 하고 죽으려던 과부에게 그랬다. '내일 먹을 양식도 남기지 않고 탁탁 털어 엘리야를 대접하라!' 고... 들어 가면 죽을 것이 예상되는 예루살렘으로 예수를 들어가게 한 일도 그랬고, 아무 준비도 보장도 없는 데도 아브람에게 아내와 자식을 데리고 고향 갈대아 우르를 떠나 가나안으로 가라고 한 일도 그랬다. 내일이나 다음을 위해 오늘을 포기하거나 미루지 않도록 했다. 죽은 이들을 장사하려는 가족들에게도 죽은 이는 죽은 이들에게 맡기고 지금 내게로 오라! 그러셨다. 내일 굶거나 죽거나 그런 근심은 지금 오늘 사람에게 중요한 문제가 아니라는 의미가 아닐까?

에녹 한 사람을 제외하고 모든 사람은 한 명도 예외 없이 죽는다. 심지어 아담도 예수님조차도. 그렇게 모두가 통과하는 죽음은 전 인류에게 주어진 공평한 통과문이었다. 어떤 부자도 가난한 이도, 힘이 많거나 적거나 건강하거나 아픈 사람이거나 차별이 없다. 모두 빈 몸으로 다 같은 처지로 그 끝에 도착하고 그 문을 지나가게 하셨다. 그러나 아무도 그날을 미리 알 수 없고 그날까지 산다는 귀뜸이나 보장도 없는 생존의 세월을 지나...

나는 몰랐다. 그저 한평생 무지 오래 살 것으로 당연히 알았다. 그러니 이것 저것 하고 싶은 일도 많았고 많이 벌고 높은 자리까지 오르고 싶은 야심을 품었다. 반대로 고민이 생기면 평생 갈 줄 알았고 실재로 불행이 닥치자 난 죽었다! 이제 평생 혹독하게 살 거라는 절망감이 온통 나를 짓눌렀다. 이러나 저러나 안 죽을 사람처럼 어리석은 단정에 빠졌다. 이제 조금 알게 된 것은 죽음은 모두에게 공평하게 예약되어 있지만 모두가 잊고 산다는 것을. 그래서 숱한 착오와 절망이 그로부터 생겨난다는 것을. 아무도 유효기간을 모르는 생명을 안고 살아가고 있다는 것도. 아픈 깨달음은 그 착오나 단정적 좌절 때문에 서로 유익하고 아름답게 살 수도 있는 날을 허비하면서 간다는 것을...

'하나님, 오늘, 지금을 날마다 기쁘고 평안하게 살게 해주세요! 내일이 오지 않아도 원망하지 않도록 딱 하루에 필요한 만큼의 욕심과 기대만 가지고 살게 해주세요! 아멘'

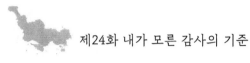 제24화 내가 모른 감사의 기준

숱하게 많은 밤을 잠들지 못하고 뒤척였다. 그만큼 많은 날을 낮에도 근심에 치여 두려워하고 그렇게 생존해가야하는 내 생이 서럽기도 했다. 어느 날 잠 못자고 책 읽어주는 유튜브를 듣다가 자꾸 이상한 질문이 속에서 나를 치받았다. 그런가? 아닌데... 맞나? 그러면서.

'두려움은 없다' 라는 구절이 있었다. 자기계발 심리치료 분야의 세계적으로 유명한 베스트셀러 작가라는 어느 분의 책 소제목이었다. 제목만이 아니라 내용도 그랬다 사람들이 시달리고 불행해지는 두려움은 모두 실체가 없는 마음속의 헛 그림자고 신기루 일 뿐이다. 모든 두려움은 마음속의 문제일 뿐, 실체도 없으니 마음만 먹으면 자유로워지고 늘 행복할 수 있다고 내내 말했다.

요즘 이와 비슷한 논조의 명상 수필 책과 강의가 범람이라고 할 정도로 많다. 생각, 감정, 마음 하나 바꾸면 세상의 온갖 미움과 두려움 근심이 다 아무 것도 아닌게 되고 갈등도 대립도 싹 사라져 행복해진다는 식으로. 그렇게 도를 터득한 사람처럼 생각만 하면 인생이 봄날 꽃놀이 처럼 화사해지고 늘 행복할 수 있다고 말한다.

정말 그럴까? 생각 감정 하나 바꾸면 만사가 아무 문제가 없어질까? 일부분은 맞고 어떤 사람들에게는 위로가 되고 해결책이 되기도하니 틀린 말이라고 할 수는 없다. 그러나 세상의 모든 경우나 모든 사람을 다 품을 수 있는 정답도 또한 아니다. 또 그러다보니 그 밝은 면에 그림자도 생긴다. 책처럼 그렇게 안되는 사람은 상대적으로 더 괴로워진다. 왜 나는 미련하고 나약하며 원하는대로 마음컨트롤이 안될까? 자신을 탓하면서 자신감을 잃고 더 위축되기도 한다. 나도 그랬다.

'두려움은 (분명) 있다' 심리적으로 있을 뿐만 아니라 그 두려움의 감정을 감당하지 못해 삶이 더 꼬이고 어려워지고 파국을 맞는 현상도 실재로 있다. 만약 두려움이 단지 감정의 문제이기만 하다면 설사 다스리지 못해도 구체적으로 현실에 더 나쁜 일들이 발생하지 않아야 한다. 그렇지 않은가? 단지 심리적 발생일 뿐이라면 결과도 심리적 현상만으로 존재해야 한다. 그러나 그 심리적 문제가 현실 일상에 구체적으로 관계를 깨거나 더 심한 불행을 일으킨다면 그건 애당초 헛그림자만은 아니었다. 그건 내 마음 하나 다스리기만 한다고 다른 사람과의 관계나 다른 일의 문제가 스르르 없어지지 않기 때문이다.

귀신은 있을까? 없을까? 악한 영은 있을까? 없을까? 불행은 단지 감정의 차원에서만 생기는 어이없는 신기루일까? 나는 귀신도 있고 악한 영도 있고 실재로 그것들에서 시작되는 (당하는 입장에서는 억울한 일방적)불행도 있다고 보게 되었다. 나도 이전에는 나만 정신차리면 그런 감정에 끌려 다니는 일은 없을거라 자신감도 넘쳤고 확신도 있었다. 남의 탓을 할 필요가 없다는 투로. 비록 가난하거나 어떤 상황이 닥치더라도 신앙의 평정심을 유지하면 내 속의 평화나 감사는 늘 깊은 호수처럼 변치 않을거라 믿었다. 절대 실체없는 유령의 속삭임 따위에 좌절하고 그 존재를 두려워 않을 거라며.

그러나...나는 몰랐다. 두려움과 불행과 절망따위는 단지 마음만의 신기루가 아니고 실체임을. 나는 그런 일은 마음 약하고 신념이 없고 잘 흔들리는 게으른 사람들에게나 찾아오는 속임수라고 단정하고 주장했다. 아내가 불치병에 걸리고 빠른 속도로 재산과 심지어 아이들까지 포함한 가정이 통째로 무너졌다. 그 때문에 잠 못자는 불면과 근심으로 뼈가 마르는 현실을 겪기 전까지는 그랬다. 좋은 생각으로 흔들리지 않으면 헛것에 미혹 당하지 않을 것이라고 장담했으니까...

그러니 나는 몰랐던 것이다. 그렇게 당해보지 않은 사람의 오만한 자신감은 종종 나 자신을 포함해 남에게 상처를 주기도 했다. 가장 많이 시달린 피해자는 가장 가까이 사는 아내였고 아이들이었다. 남 때문에, 어떤 일 때문에... 그런 식으로 내 마음 바깥의 이유로 좌절이나 분노를 표시하는 말을 도무지 못하게 하였다. 오히려 남탓하며 불면, 두려움, 근심에 시달리며 괴로움을 당하는 사람들에게 믿음이 없고 심지가 약해빠져서 그런다고 잘난 충고를 하기도 했다.

신앙을 바탕으로 거의 강요에 가까운 무자비한 충고를 쏟아 놓는 종교
인들이 있는데 이전에는 나도 비슷했다. 신앙이 아니라도 명상과 철학의
논리를 펴면서 심리적 감상적 세뇌를 강요하는 많은 강연자와 자기계발
류 수필을 쓰는 사람들도 그런 입장을 가진다. 고상하게 유유자적 살지
못해서 번뇌하는 사람들을 향해 자기 자랑질도 한다. 마치 무릉도원에서
차를 마시며 꽃밭을 거니는 속세를 떠난 사람처럼 그게 가능하다고 말한
다.

하지만... 당하며 살아보고, 또 다른 사람들이 경험하는 고통의 삶을
지켜보니 두려움도 실체고 나를 흔들며 내 인생을 휘젖는 귀신과 악한
영도 실재로 있다는 고백을 하게 되었다. 불행도 두려움도 갈등도 내가
아무리 평정심을 유지하려 애써도 객관적으로도 발생하고 나를 힘들게
만드는 분명한 현실로 존재함을 알았다. 결코 명상이나 고상한 논리, 화
려한 설교를 계속 듣기만 하면 다 사라지는 헛것이 아님을 알게 되었다.
다만 우리를 괴롭히는 그 모든 실체들이 존재함에도 우리는 살아간다는
것이다. 때로는 견디며 어떤 문제는 해결하며, 때로는 속수무책으로 당
하며 울고 비명을 지르면서 살뿐이다.

흔히 말하는 '행복'은 늘 감사의 심정이 내 안에 머물 경우에만 가능하
다고 생각했다. 그러니 감사란 당연히 두려움 근심 괴로움 외로움 뭐 이
런 상태가 아닌 좋은 날에만 드리는 것이라고 알았다. 그러지 못하고 미
움과 분노, 원망 좌절이 우글거리고 갈등에 휘말릴때면 신앙심이 모자라

고 내적 수련이 모자라 그러는 것이라고 자책했다. 신을 제대로 믿고 자신을 세뇌하면 싹 사라질 나쁜 속임수 감정들인데 헛것에 놀아나는 미련함이라고.

그러나 몰랐던 것을 이세는 배운다. 신이 존재하는 만큼 확실하게 악과 불행과 어두운 감정들도 실체라는 것을. 그뿐 아니라 우리 마음과 우리 일상생활에 생생하게 들락거리는 존재라는 것을. '나는 행복하다 나는 행복하다 저건 껍데기다 저건 껍데기다!' 반복한다고 없어지는 신기루가 아니라는 것도. 사람들중에는 그런 식으로는 털어내지 못하는 선천적 후천적 약자도 무지 많고 그러기에는 너무 큰 슬픔과 불행과 고난도 있다. 그 정도로는 끄덕도 안 하는 만만치 않은 악한 상대도, 관계도 분명 있다는 것도.

감사란 어떤 일의 결과로 발생하는 감정이다. 시간적으로 나중에 따라오고 평가로는 평균보다 잘 풀리거나 성공할 경우다. 그래서 늘 감사하려면 늘 성공하고 늘 행복하고 늘 평안해야만 한다. 일생동안 아무 두려움도 근심도 없어야 한다. 최소한 그렇다고 자신을 합리화라도 하며 살아야 가능하다. 현실은 모든 좋은 일과 나쁜 일이 교대로 다 일어나기 때문이다. 하나님은 범사에 감사하라고 했다. 범사는 분명 좋은 일만 계속되는 것이 아닌데 감사를 하라고 하면 감사의 기준은 다시 생각해봐야한다. 그렇다면 감사는 일의 나중에, 성공할 때만 하는 결과적 감정이 아니라 처음과 중간과 일상에도 늘 가져야 하고, 그렇다면 그건 무슨 이유가 있을 것이다.

결국 얼마 이상을 손에 쥐면 감사를 하는 나의 기준은 잘못된 것이었다. 한 번도 눈물 흘릴 불행이 없을 때만 감사가 가능하다고 생각했던 나는 뭘 몰랐던 사람이다. 비정한 현실을 외면하기 위해 한쪽 눈을 감고 말이나 관념의 유희로 생기는 답례가 아니었다. 감사는 두려움에 빠져 살 때도 품고 갖가지 고단한 일과 예상 못한 불행으로 고통 중에도 드림으로 오히려 갑옷이 되고 진통제가 되는 은총이었다. 두려움과 고통을 인정하면서도 그럴 때도 생존을 바라며 기원하는 감정, 그것이 진짜 감사라는 것. 감사는 '슬픔과 두려움은 허구다! 근심은 없다 없다 없다!' 그런 말의 테크닉이나 감상적 세뇌로 얻어지는 신기루가 아니고 절절한 현실의 삶을 인정하며 고통 중에 인내하는 노력과 선의를 가질 때 생생한 치유도구로 주어진 것이었다. 오늘도 나는 배운다. 내가 몰랐던 감사의 기준에 대해 새로...

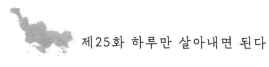

제25화 하루만 살아내면 된다

1.

일생은 하루가 모여 만들어진 작품이다
기억이나 바람을 빼고보면
삶에는 어제도 내일도 없다
오직 오늘만 있을 뿐...
우리는 모두 아침에 눈을 뜨고 하루를 시작한다
무엇을 하며 누구를 만나고 어디로 갈 것인지
선택의 주사위를 던지며 앞으로 간다.
종일 자업자득 또는 타의로 온갖 과정을 마주친다
밤이 오면 완성 미완성, 감사와 후회가 남지만
시험종료 벨을 들은 듯 다 멈추고 그저 품에 담는다

부디 잠에 들어갈수만 있다면 얼마나 다행인가
그러면 하루는 완성으로 끝난다.
성공과 실패는 상관없다.
평안만 상실하지 않으면 잘 살아낸 것이다.
그럴 수만 있다면...
우리는 인생에 대한 온갖 두려움과 근심을 떨치고
겁내지 않고 자유로워질 수 있다.

2.

우리는 하루를 살아낼 수 있으면
열에 아홉 긴 일생을 끝까지 살아낼 수도 있다
생존의 가장 작은 단위인 하루는
한 해의 축소판이고 일생의 축소판이다
아침은 봄이고 유년기며 낮은 여름이고 청년기다
저녁은 가을이고 중년기고 밤은 겨울이고 노년기다
그러니 하루를 잘 살아내는 능력만 있다면
인생을 살아낼 최소 기본능력을 가진 것이다
문제는 이 하루가 만만치 않다는 사실이다
윤동주의 우물속에만
달이 밝고 구름이 흐르고 하늘이
펼치고 파아란 바람이 불고 가을이 있고
추억처럼 사나이가 있는 것이 아니라
하루 속에도 온갖 우여곡절과 기쁨과 슬픔

희망과 좌절, 추억과 회한이 있다는 것이다
넘지 못할 담과 아픈 가시철조망에 걸려
기어이 하루를 마치지 못하고 쓰러지기도 한다
많은 생명들이 하루의 중간에 가기도 한다

3.

나는 두 번의 정신과 치료를 받았다.
5년 간격으로 나를 찾아온 이 나쁜 친구는
한 번은 밤마다 잠을 이룰 수 없는 고통으로 괴롭혔고
또 한 번은 옥상 난간을 넘고 싶은 충동으로 몰고 갔다
하루를 잘 마칠 수 없게 만드는 그 순간들은
일생을 작살 내버릴 것 같은 공포를 안겨 왔다
그런 하루는 그냥 단순히 하루가 아니었다
스스로 정신과 문을 열고 들어가서 석 달씩 치료를 받았다
간신히 다시 회복한 후 밤이면 잠에 들어갈 수 있었고
긴 일생의 길을 올라 생존을 계속 이어갈 수 있었다
하루라는 가장 작은 단위는 그렇게 중요하다
왜 그때 벼랑 끝으로 몰리고 숨조차 쉴 수 없었을까?
당시를 돌아보면서 그 이유를 짐작해보았다
몇 가지 잡히는 이유 중 공통점은 선택의 잘못이었다
첫 번째 우울증과 불면증을 부른 것은
투병과 살림에 들어가는 경제적 불안이 불러온
성급한 선택 때문이었다

생사를 다투는 아내의 중병 급한 불은 끄고도 계속 되는
병원생활에 따라오는 비용이 감당 못할 지경이었다
일을 전혀 할 수 없어 수입은 없는 상황에다
막내딸은 점점 많은 비용을 필요로하는 고등학생이 되었다
누가, 언제, 얼마를 보태주실 지는 늘 불규칙한 일이고
당연히 예상도 계획도 도무지 세울 수 없는 살림이었다
나의 재정적 불안은 나에게 뭔가를 하도록 몰아 세웠고
눈에 안보이는 신의 돌보심보다 내 능력의 끝에 보이는
잔머리와 계산, 힘써도 안되는 노력을 선택하게 했다
글을 팔고 책을 내고 단체나 인맥에 매달려서라도
그 불안한 재정적 구덩이를 벗어나고 싶었다.
그러나 욕심처럼 쉽게 그 잔머리 선택은 결실을 얻지 못하고
사람에 기대었던 기쁜 소식은 끝내 오지 않았다.
잔뜩 부풀었던 희망고문은 무너지기 시작했다
지금 돌아보면 그 무너짐이 너무도 고맙다.
그때 시도하고 선택한 결정이 잘되었다면 나는
쉽게 기어나오지 못할 큰 구덩이로 미끄러져 들어갔을거다
한번의 당첨으로 집을 거덜내는 복권중독자 처럼 망해서
지금의 생만 아니라 다음의 생도 작살 내는 삶을 살았을 거다

4.

5년 뒤 두 번째 조울증과 공황장애를 진단받은 정신과 치료는
지나친 건강염려와 빨간경고등에서 비롯되었다

건강검진에서 위험, 의심, 수치과다로 나온 몇가지 진단에

나는 악순환에 빠져 패닉이 오기 시작했다

혼자서는 사흘도 못사는 처지의 아내가 떠오르고

내가 없으면 대신 짊어질 아들 딸의 망가지는 미래가 보였다

인터넷을 뒤지고 사방팔방 공부로 과다한 선택을 했다

몸에 좋은 건강식품과 보조약품을 사고 먹기 시작했다

동시에 병행해야한다는 운동요법을 욕심을 부려 계획했다

그런데... 무리를 해서 운동을 하면 몸이 따르지 못했다

다른 부위로 부작용과 통증이 시작되고

합병증처럼 서로 물고물리며 난감한 딜레마에 빠졌다

당뇨를 잡자고 음식을 삼가하면 황달이 오고 빈혈로 어지러웠다

운동은 다리와 허리의 근육통을 부르고 멈추면 다른 곳이 나빠지고

면역력이 떨어져 약을 먹으면 간수치가 오르기 시작했다

헤어날 수 없는 진흙 늪에 빠진 우울한 기분은 마침내

병원 옥상으로 올라가 오열하며 펜스 넘어 몸을 던지고 싶었다

아래를 내려다보면 8층 아래 차들이 생생 지나가는 도로가 보였다

누군가 호소할 사람이 필요했고 붙들고 한바탕 울고 나니

조금 정신이 돌아와 정신과 병원을 또 가야겠다 결심했다

5.

사람은 세상을 사는 동안 끝없는 갈림길에 마주친다

사소한 일에서부터 좀 더 큰 일에까지 다양하다

수시로 우리는 선택을 내리고 앞으로 나가야 한다

어떤 목적으로 어디로 갈 것인지를 정하고
어떤 방법으로 어떻게 진행해서 끝을 볼 것인지를.
하루에도 수십번 그 선택과 행동의 순간에 마주치는데
아무 생각없이 내버려두면 사람의 본성과 환경은
어떤 선택을 내리게 할까? 선한 방향으로 갈까?
아니면 악한 방향으로 갈까?
내가 경험한 바로는 늘 불안하고 악한 방향으로
익숙한 길을 가는 것처럼 움직인다는 것을 느꼈다
어느 때는 형편이 안 좋고 가난하다는 이유로 그랬고
안 그러면 남보다 뒤떨어 진다는 기분으로 그랬다.
그래서 수단과 방법을 가리지 않고 시도하려고 한다
최대한 주변 사람이나 인맥을 이용해서라도
더 많이 내 이익을 손에 쥐고 싶은 선택으로 흘러 간다
뭐 세상 사람들이 다 그렇게 살고
세상은 또 그런 사람을 유능하다고 하니까
당당해도 되잖아! 하고 속으로 합리화 하기도 한다
그러기 위해 사소한 거짓이나 포장이 좀 섞여도 괜 고
다른 누군가가 내가 얻는 대신 좀 줄어들면 어때?
손해를 좀 봐도 경쟁 세상인데 할 수 없지! 하면서
때로는 남의 곤경을 못 본 척 외면하기도 한다
모든 방법을 동원해서 욕심의 목표를 달성하면
대신 성공의 쾌감과 전리품이 넘치게 들어오지 않겠는가?
그러니 그 충동과 유혹을 뿌리치기 어렵다

6.

그런데... 그렇게 살아서 얻은 결과가 누적되면
최종적으로 우리 인생은 성공하는 걸까?
그렇게 이어진 시간들 끝에는 행복이 당연히 기다려주는 걸까?
그렇다면 고민할 필요도 어려울 일도 없겠지.
그러나 그렇지 않다는 이상한 결론을 우리는 어렴풋 가지고 있다
그래서 난 그렇게 살면서도 자식들에게는 그렇게 살지말라고 한다
또 그렇게 살면 안된다는 종교의 구절이나 성인들의 말을 새기며
그렇게 살지 않는 사람들을 본으로 세우고 닮으려 애쓴다.
비록 평생 잘 안되는 것처럼 보이는 신앙인의 삶이지만
모두들 적어도 그 바람 정도는 가지고 산다.
우리는 알아야 한다.
그 수단과 방법을 다 동원해서 내 욕망을 채우고
불문곡직하고 성공한 부자가 되려는 길을 선택한다면
우리는 선택하는 그 순간 이미 망하는 길로 들어선다는 걸...

7.

나는 두 번의 정신과 치료를 받으며 알았다
조급하거나 과도한 선택을 하면서 살면
결과가 어떠하든 상관없이 이미 평안을 잃는다는 것을
일이 성공하여 욕심을 채우게 되면 자신의 능력에 취할것이다
성취감은 자기능력에 대한 우월감과 남을 낮춰 차별을 부르고

더 크고 더 높은 다음 욕망, 다음 욕심이 줄을 설 것이다
그 과정의 반복은 필연적으로 신과 사람에 대한 겸손은 사라지고
감사나 존경심은 점점 작아져 마침내 사라진다.
반대로 유혹과 욕망을 따르는 선택을 했는데 망하면 어떻게 될까?
재수가 없어서 그렇고 누구 탓인지를 찾으며 원망에 빠질 것이다
혹은 자기비하와 좌절감 패배의식에 몸부림칠 것이다
그것은 실패로 감수할 것보다 더 큰 고통이 될 것이다
그 자리는 지옥이고 쓰디쓴 마라의 물보다 더 쓴맛일 거다
그러나 남에게 부담을 주지 않는 선택을 하고
자신의 능력을 과신하지 않는 길을 솔직하게 간다면
일이 성공하거나 실패하거나 상관없이 살아질 것이다
성공한다면 도우신 신과 이웃에 감사할 것이고
실패한다면 자신을 돌아보고 좀 더 노력하려는 마음을 가지고
대신 스스럼없이 신의 위로를 구할 것이다.
최소한 생명을 스스로 내팽개치는 극단에는 가지 않을 것이다
내 욕망을 따라 수단 방법을 가리지 않는 선택의 길에는
출발하는 순간부터 애당초 행복이나 평안은 없는 법이다
일시적 성공으로 인한 쾌락과 승리감은 만끽할 수 있더라도...

8.

선택의 순간은 하루에도 열두 번도 넘게 닥친다.
유혹과 욕망은 위쪽으로는 달콤한 향기를 날리고
바닥에는 독이든 잔을 내밀 것이다

예수님은 광야에서 사탄에게 우쭐할 시험을 당했을 때
'하나님을 시험치말고 다만 경배하라!'고 사탄에게 말했다.
빵도 만들고 권력도 손아귀에 들어오는 그 유혹 그 시험은
얼마나 달콤하고 솔깃한 구미를 당기는가!
베드로가 '주는 하나님의 아들'이라고 고백했을 때,
변화산에서 황홀할 때 초막짓고 여기서 살자고 했을 때,
또 예수께서 이스라엘의 왕이 되어 권세를 누리자고 말할 때
예수는 주저없이 잘라 말했다. '사탄아 뒤로 물러가라!' 라고.
그 또한 얼마나 달콤하며 우쭐할 대상들이던가
그 유사한 충동 유혹들이 우리네 일상에 부지기로 온다
겉옷만 바꿔입고 속은 같은 사탄이 종일 우리를 유혹한다.
조금만 말을 번지르하게 하고 조금만 모른척 외면하고
조금만 바른 생각을 미루면 생길 소득과 즐거움을 내밀며
권력과 출세가 손에 들어온다면서 우리를 충동질한다.
안타깝게도 충실한 훈련을 쌓지 못한 우리는 종일 당한다.
진실하지도 솔직하지도 못한 의도를 숨기고
진실하지도 솔직하지도 못한 말과 행동을 하면서..
그 대가로 챙긴 콩고물같은 이익은
우리를 영원히 죽게 하는데 모르고 독배를 들이킨다
하루 이틀, 일년 이년, 평생을...
그러다 반드시 쌓인 중독으로 죽는다.

9.

언젠가 봉쇄 수도원 생활을 기록한 다큐를 보았다.
서원하고 시작하면 죽을 때까지 담장안에서
평생을 사는 이들의 일상을 찍은 담담한 모습들을 보았다
그 하루를 보면서 존경스러우면서도 나는 못할 것 같은 장면은
하루에 몇번인지도 모를 기도회를 날마다 반복하는 것이었다.
내가 방문해서 직접 보고 확인했던 태백의 예수원도 그랬고
프랑스 떼제공동체를 갔을 때도 보며 든 생각이었다
하루 온 종일을 노동과 기도만 반복하며 살았다
그들은 왜 하루에 적게는 5-6번
많게는 수십번 기도를 하는지 그때는 몰랐다.
새벽3시부터 일어나 기도로 시작하고
노동하다가 종소리만 들리면 모여서 기도하고
어두운 밤이면 기도로 마치고 잠에 들어 하루를 보냈다.
그저 지독히 신심이 넘치거나 직업처럼 사느라 그런가 했다
그러나 자기에게 일어나는 유혹과 욕망을 확인하고
선한 욕구인지 죽음으로 끌고 가는 욕망인지 분별하기 위해서는
그런 시간을 가질 수밖에 없다는 걸 이제사 조금은 이해가 된다.
하루에도 열번 우리속에서 가시덤불 씨앗처럼 싹이 트고 자라는
온갖 유혹과 욕망의 순간들을 알아차리고 당하지 않으려면
그런 훈련과 일상을 살아야만 된다는 것을.
산다는 자체가 수도 생활이고 세상이 온통 수도원인 것을...

10.

그래서일까? 하나님은 진작 그런 사실을 알려주셨다
일용할 양식만 기도하라고 가르쳐주신 것도
이스라엘 백성에게 하루치 만나를 내려준 광야생활도
오늘 근심은 오늘로 족하다는 충고를 주신 것도 그래서일 거다
하루를 살아내는 기본부터 배우라는 권유
이 모든 하나님의 방식은 바로 하루를 사는 것이
얼마나 어렵고 중요한 삶인지 말하는 것 같다
생존의 가장 필수 단위고 기준인 하루 하루,
그 하루를 온전히 살아내는 하루살이가 늘 되고 싶었다
그러나 수시로 몰아치는 핑계 같은 처지로 아직도 못 되었다
마음은 이 순간도 여전히 십 년 오십 년 뒤를 걱정하고 있다
하루를 살아내기만 하면 된다는데,
그러면 일생이 흔들리지 않는다는데...

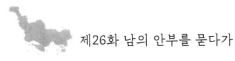 제26화 남의 안부를 묻다가

컵에 담긴 반 잔의 물을 놓고 생각과 씨름을 반복한다. '반밖에 안 남았네...'와 '아직 반이나 남았네!' 를 오가며. 겨울왕국으로 점점 들어가는 시기와 코로나 전염병으로 인한 일상파괴 만남 불가능의 시기가 하루 종일 떠나지 않고 온갖 내 맘에 그늘을 덮는다. 몸 아픈 사람에게 마음 아픈 병까지 덧 입히는 이 잔혹한 세상...

20일 가까이 약을 추가로 받아 먹어도 도무지 회복이 안되는 아내의 목 통증과 가라앉은 기운 때문에 걱정을 지나 화가 난다. '이 놈의 세상, 어디까지 사람을 괴롭히려고 이러나 ㅠㅠ'
내게 주어진 생명이 절반이나 지난 건지, 절반이나 남은 건지, 비관과 기대를 교대로 오가는 동안 머리가 아프고 지친다.

꼭 1년전 성탄절 즈음에 안부를 물었던 분이 카톡을 보내왔다. 어떻게 지내는지, 힘내라며 선물 돈봉투도 보내주셨다. 감사 인사를 드리고 넘어가다가... 그 분의 교회가 자꾸 떠올랐다. 새 장소를 얻어 교회가 이사를 했는데 코로나가 들이닥쳤다. 마음이 걸렸다. 이 시국에 교인들은 남아날까? 세든 선물 살림과 운영에 지장은 없을까?

결국 안부를 다시 물었다. 대답의 내용은 전면 비대면 예배로 들어갔고 1주일에 한 번은 아무 때나 교회 예배당을 다녀가기를 권하시고 계셨다. 아... 그렇게라도 예배당과 성전에 앉아 드리는 기도의 생활을 유지하라고. 그렇게 내 문제 아닌 도움 주시는 분의 안부, 교회의 안부를 묻는 동안 내 걱정, 내 슬픔, 내 불안이 나도 모르게 밀려나고 싹 잊혀졌다. 애쓰고 서로 챙기며 사는 분들의 삶이 일상이 내 맘에 들어오니까 그랬다. 그 와중에 우리 가정의 안부를 묻고 보태는 그분들도 그랬으면 좋겠다.

"자기 안부만 묻고 자기 희망에 기대서 살기에는 세상이 너무 쉽지 않다."

태어나는 순간부터 온갖 위험과 사고의 기회가 사방에 늘려 있고, 각종 경쟁과 실패의 순간들이 줄을 서서 몰려오는 삶인데 성장하고 나이 먹어 철드는 만큼 기다려 주지 못하는 사랑하는 사람들. 그들과의 추억은 그리움이 되고 이별로 인한 부재는 또 아픔이 된다.

크게 뚝 잘라서 절반은 성공하고 절반은 실패 한다고 치자. 절반은 나를 두고 먼저 떠나고 절반은 나를 보내고 남는다 치자. 그래봐야 신이 한 '필히 죽으리라!'는 말대로 인간의 죽음은 창조자의 철퇴처럼 선포된 약속이자 명령이다. 태어나고 늙고 병들며 사라지는 '생로병사'에서 누가 자유로울까?

이 필연의 법칙이 돌아가는 땅의 세상에서 아무도 평화롭지 못하다. 각종 철학과 예술과 종교를 들이밀어 생명을 아름답다거나 짧게 살아도 가치가 있다 유익하다 영원히 남는다 셈 쳐보지만 인생은 소멸하고 잊혀지는 법칙은 숨 쉬는 것만큼 당연한 것이다. 자기 안전과 자기 성공, 자기 강건함만을 들여다보는 한 사람들은 늘 불안하고 늘 실패의 쓰디쓴 기억과 병드는 고통에서 벗어나지 못한다. 왜? 모두가 그렇고 당연히 그러라고 정해진 인간의 코스니까.

자기를 들여다보며 사는 방식은 하루건너 기쁜 일과 하루건너 슬픈 일이 닥친다고 보는 슬픈 날과 슬픈 날을 중심으로 사는 것과 같다. 기쁜 날과 기쁜 날 사이로 하루씩 그래도 견딜만 하다고 사는 지혜로운 비결은 바로 내가 아닌 너, 남의 안전과 남의 희망을 도우며 빌며 살 때만 가능하다. 자신을 위해 밥을 얻으러 다니는 사람은 배는 채워도 구차하고 서글퍼진다. 그러나 자녀나 부모, 친구를 위해 밥을 얻어올 때는 모든 감정을 견디며 기쁘고 흐뭇해진다. 자기의 배고픔도 잊고 자존심도 뒤로 미룰 만큼 기쁜 법이다. 사람이 행복해지고 사는 날이 수치스럽지 않은 원리다.

예수님은 사는 동안 자신의 배고픔과 외로움과 두려움을 가지고 씨름하며 살지 않았다. 늘 남과 다른 사람의 복을 위해 관심을 쏟았다. 딱 한 번, 십자가에 매달리기 전 자신의 고통과 외로움을 겟세마네에서 하늘의 아버지에게 호소했지만 그것마저 맡겨버렸다. '내 뜻대로 마시고 아버지 뜻대로 하세요!' 라고... 그리고 그는 죽음을 이기고 영원히 남을 위해 살았던 사람이 되었다. 자신을 향해 바라보며 그늘지고 두려워하는 패배에서 벗어나 영원히 사람들의 비상호출 구조요청 단어가 되었다. '주님! 우리를 도우소서! 우리를 살려주소서!' 라는 S.O.S 부호로!

사도 바울도 그 법칙을 알아차린 걸까? 다른 사람의 천국 입성을 위해서라면 자기 목숨이 지옥 바닥에 떨어져도 기꺼이 선택하겠노라고 고백했다. [나는 내 형제, 곧 육신을 따라 된 내 동족을 위해서라면 나 자신이 저주를 받아 그리스도에게서 끊어진다 할지라도 좋겠습니다. - 로마서 9장3절]라고. 바울은 무엇이 우리의 연약한 마음과 인생을 굳세게 해주는지 알았다.

내 자신을 바라보면 내 지금의 처지와, 곧 마주칠 마지막을 예상하노라면 끔찍하고 슬프기 그지없다. 왜 안그럴까? 고통과 근심의 바다같은 세상을 살아가고 있으니. '평생을 수고하고 땀흘려 일하고, 늙어서 필시 죽으리라'아담의 원죄로 생긴 이 주문이 정해진 세상을 살아가지만 예수님이 본을 보인 삶의 길을 택하고 따라서 산다면 견딜만 해진다.

"남의 안부를 묻고 남의 꿈을 도와 성공하기를 빌며 사는 것은
세상이 방해하지 못하는 평화를 가져 온다."

제27화 다시는 일어나지 못하는 때

모든 사람은 한 번은 죽음을 맞이 한다. 그래서 이상해 보이지만 모든 사람은 삶을 원하든 원하지 않든 죽기 전까지는 피하지 못하고 누린다. 그렇게 살아 있는 동안 각종 생명, 삶을 위협하는 일들을 마주 한다. 작고 큰 질병들, 내가 직접 원인이 아닌데도 휩쓸리는 전쟁들, 너무 덥거나 너무 추운 날씨의 재앙, 수십년 수백년 만의 폭우나 가뭄, 사실 그런 모두가 인정하는 보이는 것들 외에도 사람들은 개인만의 고독, 갈등, 사고 등 고비를 수도 없이 넘기며 산다. 어떤 점에서는 그 위험들을 안 죽고 넘기며 사는 게 기적으로 보일 정도다. 알고 넘기는 것 모르고 넘기는 것 모두 영화처럼 본다면 인정할 거다.

그러니 사람의 일생이란, 생명이란 얼마나 대단한 승리의 연속인가!
그 숱한 위험과 고통과 극심한 절망들을 다 견디고 다음 날을 맞이하고 또 살아낸다는 건, 그 힘이 어디서 나오는 걸까? 세포와 유전자에 담긴 긍정의 동력이라도 있는 것일까? 가족과 명예와 소유에 대한 집착이 그 모든 고비를 견디고 이기게 하는 걸까? 아님 종교적 명령이나 신의 강제적 구조가 늘 힘을 발휘하는 걸까?

아이들이 신생아로 태어나 첫 울음을 세상에 내놓는 순간 여러 감정이 느껴진다. 귀하고 사랑받을 앞날과 어떤 일과 결과를 세상에 내놓을지 기대와 순간 순간 심지어는 본인도 놀랄 말과 행동, 감정을 보여주는 신비까지! 그래서 새로운 생명의 출현에는 두근거림과 반가움이 어마하게 따라 온다.

또 하나의 감정은 살면서 평생 겪을 고초와 이별의 상처 등 어두운 예상이다. 오죽하면 "왜 태어났니? 왜 태어났니?" 라는 노래 비슷한 자조의 말이 있을까. 그럼에도, 생명은 아름답고 강하고 신비하다. 늘 숱한 끔찍한 위기와 고독한 내면의 본성을 평생 달고 다니면서도 하루라는 단위로 삶을 줄기차게 이기고 사는 눈물겨운 결과를 보면.

그러나 한 가지 분명한 진실이 있음을 우리는 인정할 수밖에 없다.
모든 사람이 피할 수 없는 순간이 온다는 것. 늘 이기며 극복하며 살지만 딱 한번은 지고 넘어지고 다시는 일어나지 못하는 정해진 그날의 패배가 온다는 진실이다. 아무리 의지가 강하고 욕심을 비운다 해도 아무도 피하지 못하는 법칙과 같은 죽음을 받아들이는 딱 한번의 패배. 다시는 숨을 이어가지 못하고 일어나 앉지 못하며 밥은 고사하고 물 한 모금 못 먹고 사랑하는 이에게 말을 건네지 못하게 되는 그런 순간이.

그러니까 늘 이기고 다시 시작하는 동안 우리는 삶이라하고 생명이라 부르고 다시는 일어나지 못하고 이어가지 못하는 그 순간을 죽음이라 부르는 것이다. 영원한 이별, 죽음은 누가 원해도 절대 두 번은 겪지 못하는 단 한 번의 패배다.

　그것을 예상하고 인정하며 기다리며 사는 것이 삶이고 생명이다. 그럼에도 웃고 기뻐하며 감사하고 나누며 사는 삶이 아름다운 것이다. 그렇지 못하고 다가오는 시간 때문에 두렵고 슬프고 흔들리는 것이 좌절이다. 불안이고 원망이며 근심이다. 모른 척 사는 것이 어리석음이고 욕망이다. 미리 보며 발이 얼어붙는 것이 두려움이고 공포고 정신질환이 된다.

　사람을 만드신 하나님이 말했다. 수고하고 땀 흘리다가 반드시 죽으리라! 고. 그러니 딱 한 번의 다시 일어나지 못하는 패배로 죽을 것을 알고도 사는 것이 순종이고 지혜고 평안이다. 그런 후에야 다시는 죽지 않게 해주신다고 했다. 우리가 아무리 많은 업적과 명성과 관계를 만든다 해도 다 놓고 소멸 된다는 그 사실을 받아들이지 않으면 결코 하나님이 주시는 평안은 얻지 못한다. 첫번째 단추, 첫번째 계단을 올바르게 채우고 딛지 않고는 그 다음을 제대로 채우지도 걷지도 못하는 것은 너무도 당연하지 않을까?

　아직 오지 않은 그 단 한 번의 패배, 넘어지고 다시는 일어나지 못하는 그 경우를 온전히 인정 못해서 늘 안절부절 두렵고 불안에 빠진다. 그나마 오지도 않은 삶 생명의 날조차 흔들리며 산다. 이루지 못한 것, 모자

라서 접어야 하는 대상들, 이별로 생긴 아픔, 그런 여러가지를 미움과 의
문투성이로 만들면서 허우적 거린다. 괴테가 임종하면서 외친 '좀 더 빛
을!' 구한 의미가 그런 것 아니었을까?

　고맙고 다행이라 여기는 것은 그 패배가 결코 두 번은 오지 않는다는
것이다. 얼마나 감사한가! 그 모든 상실과 소멸과 슬픔과 아픈 과정이 단
한 번이니! 조금은 인정하고 수용할 수 있지 않을까 겨자씨만큼 마음이
움직인다. 이 겨자씨가 좀 더 자라 작은 나무가 되고 큼직해지기를 바란
다. 물 주고 햇빛과 바람, 필요하다면 어둠과 추위를 교대로 감수할 일이
다.

제28화 시간은 누구의 편도 아니다

우리 병실로 새로 입원한 할머니 한 분이 이틀째 심한 코골이를 한다. 밤새 잠을 설치고 맞이하는 아침이 비 젖은 옷 입은 듯 무겁다.

"당신이 저 할머니처럼 코를 골았다면... 난 지금까지 같이 못살았을거야!"

새삼 아내가 고맙다. 우리집 누구도 안 그런 걸 이제야 실감했다. 일부러 그러는 것도 아니고 쉽게 고칠 수 없는 코골이... 어쩌지? 지금까지 여럿 그런 환자들이 몇 달씩 우리를 힘들게 하고 지나갔다. 어떤 분은 가족들이 하도 성화를 부려 집에서도 딴 방에 살았다고도 했다. 늙기도 서럽다는데 그런 불편한 문제까지 안고 있다면 끔찍하다.

이번에도 몇 달을 견디면 또 지나가겠지? 전에 그런 것처럼? 시간이 부디 빨리 가기만 빌면서 속으로 '죽었다!' 각오 한다. 하지만 그건 불가능한 소원이다. 시간, 내가 얼른 지나가기를 바라면서도 그건 과학이 허락하지 않는 공정함의 모델이라 한편 기대를 접는다. 아마도 단 1초도 빨리 가주지 않을 거라는 경험에서 나온 짐작도 한다.

아무리 힘들어도, 아무리 빌고 빌어도 늘 시간은 똑같이 흘렀다. 고통스럽고 악몽 속에 허우적거릴 때도 흔들림 없이 일정하게 가고 속은 속대로, 겉은 겉대로 가진 것 있는 모든 것을 작살 내고 지나갔다. 반대도 마찬가지다. 아무리 행복하고 구름 위에 오른 것 같이 기쁜 날도 시간은 멈추어주거나 느리게 지나 가는 법이 없다. 성공한 사람도 죄를 지은 사람에게도 시간은 똑같이 흐르고 결국은 모두를 소멸시킨다.

역사속에서 기세등등 행세하던 로마도 사라졌고 그 로마에 핍박받아 지옥같던 식민지 작은 나라들도 다 사라졌다. 시간은 그렇게 누구의 편도 아니다. 시간은 시간만 영원히 동행할 뿐이다. 누가 세월은 화살과 같다고 했던가? 어쩌면 저승사자와 같은 지 모른다. 단 한 명도 예외 없이 우리를 먼지로 만들고 최후의 심판자리에 앉힐 거다.

어느 날 거울에서 나는 희끗하고 숱이 적어진 아버지의 얼굴을 보았다. 내 모습을 보여준 거울 속에서 본 느낌은 놀라움 슬픔 두려움이었다. 내 마음은 언제나 젊은 나를 기억할 뿐인데 거울속 아버지를 닮은 모습은 30년 넘는 세월, 시간이 종이로 접힌 듯 다가와 있었다. 그럼... 10년, 혹은 20년 후면 아버지의 길을 따라 나도 세상을 떠나겠지?

사라지고 없어질 이 세상에서 내가 붙잡고 애쓸 대상이 무엇일까? 내 아버지가 지금 이 세상에 어떤 대상으로 있는지 돌아보니 아무것도 없다. 이름만 남아 가끔 떠오를 뿐 누구에게도 어떤 방식으로도 영향이 없다. 나는 다를까? 거의 다르지 않을 것이다. 아버지가 평생 감당하다 가지고 가셨을 생의 고통 숙제 후회 그 무엇도 벌판에 지나간 바람의 흔적처럼 별 의미 없어질 것이다. 필시 나도 별로 다름이 없을 것이다.

그렇게 시간은 누구의 편도 아니다. 성공하여 축배를 드는 사람이나 불행과 가난으로 괴로운 사람에게나 무심한 듯 부러워도 않고 동정도 하지 않고 지나가고 있다. 우리만 착각한다. 행복한 모두는 시간이 내 편인 듯 천천히 갈 거라 하고, 아니면 고통 중인 사람들은 밀어내면 빨리 가줄 것이라고 몸부림을 치거나.

예전 외국 여행 때 큰 시계탑 앞에서 한참을 지나가는 이들을 구경삼아 바라보았다. 그때 느낀 것은 시간은 그곳 현지 사람이나 여행객인 내게나 단 일 초도 다르지 않게 가고 있다는 것. 마치 과학의 산물이 아니고 신의 창조물 같이.

"하나님, 공연한 오만이나 괴로움 없이 그저 하루를 보내게 해주세요. 너무 지나친 기대나 과한 비탄에 빠지지 않기를 바랄뿐입니다. 오는 아침이나 보내는 저녁을 곁에서 걸어가듯 살게 해주세요 아멘!"

제29화 밤의 국경을 넘으면서

하루는 하나의 세상이다
세상과 세상의 국경은 밤의 한가운데 있고
어느 날은 너무 높아 넘기 힘들고
어느 날은 너무 낮아 돌아눕다가 넘어버린다
오늘은 긴 가시철망이 밤을 가로 지른다.
밤은 슬픔도 가리워 서러움을 줄여 준다
똑바로 서라고 종일토록 쏟아붓는
훈계와 질책의 고된 시간도 내려놓고
한 번만, 한 번만 몰래 더 울어보자
밝을수록 더 서러운 낮이 지나고
지척도 안보이고 숨기도 쉬운 이 밤에

눈물은 꽃을 피우지 못한다
그저 땅을 적실 뿐
우리는 흙에서 나온 또 다른 땅
흙으로 돌아갈 날이 멀지 않다.
미움을 닮은 우리는 같은 흙이 아닐지도 모르지만
얼음과 얼음이 만나면 더 얼게 되는 법
무엇이 우리를 차갑게 차갑게 얼리는가...

사법고시보다 어려운
시험을 치르는 세상살이
아무래도 뽑으려는 시험이 아니고
떨어뜨리는 시험이 아닐까 의심이 간다
달리는 기차같이
무자비한 하루는 끄덕도 안하고 달리고
매달려 사는 사람쯤은 안중에도 없다
손에 힘주고 꼭 붙잡아도
자꾸 더 무거운 놈들이 어깨에 올라탄다
하지마라 하지마라 말이 안통하는 정체불명
그 와중에 걱정마라 밧줄로 허리묶어
낙오하지 않게 잡아주는 또 다른 정체불명

FM 라디오 노래는 수시로 변한다
밤 11시에는 기분좋다고 방방 뛰더니
밤12시에는 슬프다고 꺽꺽거린다.

...들는 내가 변한건가?

그래도 시침떼고 흔들리지 않는 척 해야한다.

한 발 물러나면 검은 바람처럼 내 목을 움켜쥐는

인정사정 없는 놈들이 있다.

생존, 유지, 그리고 체면...

패러디만 남고 표절은 가라!

누구는 그렇게 말했다는데

나는 표절이라도 하고싶다.

사랑도 행복도 희망도...

더불어 천국도 영원한 평안도

끄트머리 잉여물로라도 따라가고 싶다.

할 수만 있다면...

내 힘으로 홀로는 못가는 세상

모방이나 흉내로라도 행복하게 살고 싶다.

싸움은 성한 사람끼리 해야 공정하다.

헤비급과 플라이급을 무대에 올려

죽을 때까지 싸우라는건 분명 잘못하는거다.

아픈 사람과 안 아픈 사람에게

자녀문제, 생활비 조달문제로 다투게 하고

도망 못가게 링으로 막아놓으면 누가 이길까?

힘센 사람?

아서라, 마음 약한 사람이 지는 법이다.

그것도 아픈 아내를 눈치보며 돌보는
이중고를 안고 싸우는 멀쩡한 남정네가...

밤의 하늘엔 별이 총총
저기 보이는 별은 이미 죽었다고 했던가?
100년이나 천년쯤 전에 사라진 별,
너무 먼거리에 배달이 늦어져 보이는 유령
진작 죽어버린 성공과 행복에 대한 희망처럼
우리 고된 사람 사이에 보이는 사랑은 신기루
이미 몇 년전이나 몇 십년전에 사라져버리고
다만 추억과 의무로 남아 버티는 그림자밟기 놀이
가난한 부부 사이는 몇 광년의 먼 거리일까?

빛보다 빠른 생각의 속도,
생각보다 더 빠르고 약아빠진 감정
사람이 밉다
사람이 싫다
그래서 내가 밉다
아니다 나는 사람이 아니다
그럼 날 미워하고 싫어하는
그대들은 무엇?
그대들을 미워하고 싫어하는
나는 무엇...
밤에는 수학이 안된다.

머리가 아프다.
국어도 안된다.
나는 공부 못하는 열등생...

사람들은 되로 주고 말로 받는다고 한다
좋은 일에도, 나쁜 일에도,
다만 그 내용물이 바뀔 뿐인가?
참고 참으면 상대는 더욱 기승을 부리고
터지고 터지면 상대는 조심하고
이건 사람세상의 법칙,
하늘은 이렇게 하란다.
참고 참으면 담을 수없을 만큼 복을 쏟아주고
퍼붓고 퍼부으면 그만큼 나중에 덜어내버린다고,
사람의 몸으로 땅에 두 발을 딛고
머리만 하늘을 향해 올려보면서
왔다리 갔다리 살면 계산을 어떻게 해주실라나?
줬다 뺐었다 하실까?...

꽁꽁 언 새벽 눈길을
뽀드득 밟으며 집집으로 주님오셨다고
노래하며 돌던 시골 교회 성탄이브의 마음
온 몸이 얼어 예배당 바닥에 웅크리고
난로주변에서 잠든 젊은 날
그때 꿈은 참 따뜻하고 평화로웠다.

산다는건 갈수록 보석같은 선함을 지불하며
얻는 것 없이 하나씩 잃어간다는 것일까?
때묻고 바래지는 골동품 같은 신앙...

자는 시간을 조금씩 빼앗아
불면으로 바꾸어 먹는건
옛날 집에서 밥그릇 가져다 엿바꾸어 먹는
혼 날 일 같은 것...
잘 시간에 자고싶다
일어날 시간에 일어나고,
아무래도 낮동안의 무게가 넘쳐서
밤까지 빌려 쓰야하는 오늘인가보다.
대개 그런 날은 이득이 별로 없는 날이다.

살며시 손을 잡는다
울다 잠든 아내
손을 만지작 거리는데
마음이 녹아진다
미웠던건 마음이고
집은건 손인데 이상하다
지금은 하루가 국경을 넘어가는 시간
간밤에 불편했던 감정이
자꾸 나쁜 꿈이되어 뒤척이게 했다
하나님은 용서하지 않는 사람들에겐

단잠을 주지 않으시나보다

미운 마음을 품고는
영원한 이별을 할수가 없는 걸까?
몸은 보내도 마음은 가슴에 남아
오래도 헤집을지도 몰라
사랑해야만 잠도 들고
이별도 편히 할 수있다
담에 저 천국에서 또 만나자고
놓아줄수 있다.
오늘밤도 또 뒤척이며 날 새운다
한두번도 아닌 여러번 되풀이하는
답을 못적는 숙제로 끙끙거리는 미련한 반복을...

제30화 바람이 안 불어도 살아야겠다

[바람이 분다 살아야겠다.

바람이 불지 않는다.

그래도 살아야겠다]

남진우 시인이 말했습니다.

이 시는 폴 발레리의 해변의 무덤 끝 부분

'바람이 분다. 어떻게든 살아야한다.'를 인용한 것 같습니다.

바람이 불던 바람이 불지 않던 살아야 하는 게

살아 있는 사람들의 운명입니다. 너무도 당연한.

유행가중에 이런 구절이 있습니다.

[자고 나도 사막의 길 꿈속에서도 사막의 길

사막은 영원의 길 고달픈 나그네 길]

가끔은 제 처지가 사막의 나그네 같다는 심정입니다.
자고 나도 병원, 꿈속에서도 깜짝 놀라는 병원 배경,
병원생활은 기약이 없고 고달픈 현실의 길입니다.
그래도 살아남는 한 가지 밖에 선택의 여지가 없는 길입니다.

폴 발레리는 또 이렇게 말했습니다.
[그대가 용기를 내어 생각하는 대로 살지 않으면,
머지않아 그대는 사는 대로 생각하게 되리라]
생각은 늘 사는 것보다는 몇 발자국 앞서 나갑니다.
더 착하거나 더 열정적이거나 혹은 더 유능하고 싶어하면서.
가끔은 눈물이 찔끔 나도록 하늘나라를 그리워하기도 합니다.
반대로 사는 건 늘 생각보다 좀 모양 없고 늦습니다.
덜 부지런하거나 덜 똑똑하거나 혹은 덜 정직한 채로
자주 죄로 물들기도 합니다.
자신에게 실망하여 수시로 분노를 뿌리는 유치함도 보입니다.
하지만 언제나 그렇게 살 수는 없습니다.
사는 대로 변명하고 갖가지 임시변통으로 괴로움을 달래고
그러다간 생각이 추락해서 바닥에 굴러다닐지도 모릅니다.
사는 형편보다 나아야 할 생각이 벌레보다 더 추하게 되어
모두들 빙빙 피해서 가는 혐오물이 되어버릴지도 모릅니다.
사는 대로 변명하는 생각을 담고 사는 저를 경멸할지도 모릅니다.

독일의 잔인한 학살자 히틀러는 독일 모든 교회를 손에 쥐고
하늘을 향한 신앙보다 국가에 순종하도록 만들었습니다.

많은 신학자들도 목회자들도 그 '사는 대로'를 변명했습니다.
하지만 본회퍼 목사님은 '생각대로'를 따라 고백교회를 섬기다
끝내 1943년 4월에 체포되어 갇히고, 1945년 4월에 처형되었습니다.
바울과 예수의 모든 제자들도 사는 대로 흘러가는
로마 식민지 아래 유대교 제사장들의 협박과 위험을 무릅쓰고
'생각대로' 살다가 하나님에게 매달려 순교를 감당했습니다.
정말 폴 발레리의 말처럼 그것은 '용기를 내어!'야 했습니다.
가장 큰 본은 이 봄에 고난을 겪고 죽으시고
다시 살아나신 예수님의 부활이 있다는 것입니다.
모든 신앙인들이 어디를 보고 어떻게 살아야할지를 보여 주셨습니다.

그 모든 일에 바람이 불기도 했고,
때론 바람이 불지 않기도 했습니다.
아무리 '생각대로' 산다고 해도 즉시로 해피엔딩이 보장되지는 않습니다.
주위 상황은 여전히 위험과 협박이 난무하고
'사는 대로' 생각하기를 요구하는 권력들이 판을 치기도 합니다.
때로는 돈으로, 때로는 권력이나 명예의 탈을 쓰고,
또는 허울 좋은 공익의 이름으로 끝없이 유혹하고 협박합니다.
그럼에도 불구하고 그들은 모두 '생각대로' 그 길을 갔습니다.

끝없이 이어지는 다람쥐 쳇바퀴 같은 병원생활에 지치면서
나도 모르게 온갖 '사는 대로'에 미끄러진 내 생각을 들여봅니다.
이렇게 모래 한 움큼처럼 사르르 빠져나가고 있는 남은 날들에
무슨 희망을 날마다 나와 집사람과 아이들에게 설득하나 막막하고,

하루에도 열번 조석으로 변덕부리는 내 믿음을 감출 수 없습니다.
한 번의 회개나 뜨거운 경험으로도 우리는 신앙의 맛을 보기도 합니다.
하지만 오래 가지 못하고 다시 되풀이 되는 절망과 생활도 봅니다.
습관적인 믿음의 매너리즘에 빠지지 않으려면 땅에서 하늘로 눈 돌리고
안 죽고 더 살려는 집착조차 비워야 '생각대로' 사는 게 가능하답니다.
그러지 않고는 계속 '사는 대로'를 변명하는 신앙고백을 만든다 했습니다.

일평생 잔인하지 않은 계절이 어디 있습니까,
피맺힌 겟세마네 기도를 마치고 내려와도 '사는 대로'인 사람들은
여전했지만 결연하게 예루살렘으로 가신 주님을 기억합니다.
오늘 내일 무슨 달콤한 희망이 제게로 오겠습니까?
그럼에도 많은 신앙인들이 아직 오지 않은 세상을 향해 가면서
보이지 않는 것들을 보이는 사람처럼 살 수 있다면
이 막막하고 마른 무덤 같은 세상이
살만한 약속의 땅으로 바뀔 수 있지도 않을까요?
믿음의 선배들이 보여 주신 것처럼,
주님이 가신 봄에 생각대로 살고 싶습니다.
욕심도 버리고 생명의 집착도 비우고 용기를 내어...

'바람이 불거나
바람이 불지 않아도
살고 싶습니다.'

제31화 51%와 49%의 고민

일주일이 넘도록 통증에 시달리던 아내가 지친 숨을 내쉬며 하는 말, "...사는 게 너무 힘들다" 긴 시간 누르다 누르다 속에서 끌어내는 말은 말이 아니다. 신음이다. 이럴 때 건성으로 아무렇게나 위로라고 하다가는 필경 더 속상해진다. 달리 별 방법이 생각나지 않아 나는 질문으로 그 무게를 덜어내고 싶었다.

"그런데... 궁금해, 사는 게 더 힘들까? 죽는 게 더 힘들까?"
"글쎄? 둘 다 쉽지 않은 것 같은데?"
한참을 생각하던 아내는 하나를 고르지 못하고 고개를 갸웃거렸다.
나는 기다렸다는 듯 아내에게 권했다.
"그렇다면 사는 것도 죽는 것도 쉬운 게 아닌데 뭐 하러 고민해?
죽는 거 쉽지도 않다면서 뭐 하러 죽으려고 애를 써..."

"그런가?"

"뭐 그렇다고 살고 싶다고 발 동동 구를 필요도 없지?

냅둬도 쉽게 죽지도 않는다는데 굳이 그럴 것도 없잖아!"

누가 그랬다. 이거냐 저거냐 고민이 될 때는 아무거나 해도 상관없나고! 한쪽으로 확실히 기울었다면 고민도 안하고 이미 선택했을테니. 고민 한 다는건 51%와 49%, 단 2%도 넘지 않는 차이뿐일 때다. 그러니 그렇게 별 다르지 않은 장단점을 가진 두 가지 중에 어느 것을 선택하든지 결과도 크 게 다르지 않다는 말이었다.

사느냐 죽느냐 고민하는 것도 별 다르지 않아 보인다. 무슨 상황에도 사 는 쪽에 마음이 간다면 살려고 노력할거다. 고민도 우는 소리도 안하고 개 똥밭도 좋아라 하면서 살거다. 살 이유가 하나도 없고 죽는 것만 좋다면 벌 써 떠나고 없을 거다. 둘을 놓고 팽팽한 저울처럼 날마다 이리 비틀 저리 비틀 괴롭다면 내일 아침부터는 눈뜨자마자 고민 관두고 그냥 살면 된다. 그러다 어느 날 밤에 죽음이 오면 그냥 죽음속으로 떠나면 된다. 어차피 둘 중 하나에 목매고 달려갈 확실한 방법도 선택의 기회도 없는 생애라면...

다만 2%정도의 이내에서 변덕부리는 심정은 뭐 눈감아주라. 날마다 좋 았다가 나빴다가 울었다 웃었다 하더라도. 또 어느 날은 희망에 겨워 의욕 이 넘치고, 다른 날은 잔뜩 흐린 무거운 좌절감으로 안달을 하더라도! 그 럴 수 있지. 비슷한 양쪽 세계에서 51%와 49%의 마음으로 살다보면. 바람 이 불거나 종이 한장의 무게가 더해지는 쪽으로 기울기도 하고 아니면 눈 먼 행운이나 재수 없는 우연때문에 왔다갔다 할 수도 있고! 내가 꼴랑 그러고 살면서도 그런 내 자신을 못견뎌 수시로 자책했다.

언젠가 아내는 그런 나를 보고 왜 그러고 사냐고 말렸다. 어차피 사는 건 51%와 49%의 싸움인데 피곤하게 그러냐고. 산다는 건 그 두 마음이 두 저울에 올라 이리저리 기울어가며 사는 거라고. 그런데... 그 말을 했던 아내가 이제 아프면서 그 지혜를 잊어버렸다. 사람이 형편이 너무 열악해지거나 몸이 망가지면 알던 생각도 못한다. '그건 남의 이야기 할 때고...' 가 된다.

누가 자유로울까? 옳은 이야기, 화려한 설교를 늘어놓고 사는 사람도 막상 내 발에 불도 떨어지고 주머니 돈도 떨어지고 사방이 캄캄해지면 그동안 말이 말짱 헛소리에 가까운 죽은 말이 되어버리는 경우에서. 그저 연약하고 불쌍한 피조물의 한계라고 긍휼이 여길 수밖에.

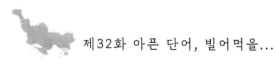

제32화 아픈 단어, 빌어먹을...

　[해피엔딩 프로젝트] 영화는 깊이 있는 감동의 휴먼드라마 감독, 마이클 맥고완 이 제작한 실화영화다. 89세 할아버지가 평생을 함께 해준 아내가 알츠하이머에 걸리자 직접 집을 지어주려는 실화를 바탕으로 했다. 마이클 맥고완 감독은 우연히 'Globe and Mail'라는 매체의 신문을 읽다가 '크레이그'씨(실화의 주인공)와 국가 건축과 사이에 있었던 사건을 다룬 기사를 접한다. 아내를 위해 새 집을 지어주려는 89세 멋진 노신사의 사연에 감명 받은 감독은 '크레이그'씨를 찾아 나서게 된다.

　맥고완 감독은 땅을 일구어 아내와 7명의 자녀를 부양하면서 자신의 생명과 정체성에 직결되는 '땅'을 결코 포기하지 않으며 살고 있는 독립적인 '크레이그'씨의 모습에 큰 감동을 받았다고 한다. 한편, 맥고완 감독이 실제로 만난 '아이린'씨는 당시 중중 치매상태였음에도 불구하고 아름답고 평온한 모습이었다고 한다. 사랑하는 아내를 위해 어려운 도전도 망설이지 않았던 '크레이그'씨 이야기는 허구가 아닌 실제 있었던 이야기라는 점에서 그 감동이 배로 다가온다

영화를 보면서 하나의 대사가 계속 머리를 떠나지 않고 가슴속 어딘가 속살에 피나게 칼질을 해대는 아픔을 느꼈다. 한 단어는 이 말이었다. '빌어먹을!'... 알츠하이머 증상이 심해지는 아내 아이린은 자꾸만 잊어먹는다. 심지어 화장실이 어디인지도. 그런 아이린이 가스불에 장갑을 올려놓고 잊어먹어 불을 낼뻔도 했다. 그때도 그랬고 그런 비슷한 상황마다 쌓였던 고단함이 작은 분노가 되어 무심코 튀어나오는 남편 크레이그의 말이 내내 아프다.

집지을 부품을 사러 나간다니까 아내 아이린이 물어본다.
"어디가?"
"장보러"
"왜?"
"공사에 필요한가 사러"
"무슨 공사?"
"집 짓는다고 했잖아!"
"……"

이런 상황이 올 때마다 크레이그는 자기도 모르게 화가 났나보다. 또 나왔다. "빌어먹을..." 아내 아이린은 뭔가 자기가 잘못한 거 같은데 내용은 모른다. 그때마다 무척 당황하고 슬픔을 느끼는 아내 아이린. 평생 자기를

홀로 서는 시간

극진히 사랑해주던 남편의 다른 모습에 상처를 받는다. 뭔가 잘못된 거 같은데 왜 그러는지는 모르는 상황이.

알츠하이머의 무서운 면을 반복으로 보면서 내가 저 지경에 빠지면 무슨 밀, 무슨 결단을 내릴지 몰라 두려워진다. 전혀 과정 전체를 이해 못 하는 아내는 느닷없는 장면과 말에 또 얼마나 상처를 받을까? 그 생생한 짧은 순간의 감정과 이해는 분명 느끼면서도.

아내가 아프면서도 인지상태가 나쁘지 않고 오랜 투약과 반복되는 투병 속에서도 치매가 오지 않음이 하늘에,절하고 싶을 정도로 고맙다. 이 영화를 보면서 더 그런 실감을 했다. 나도 아내도 곱게 세상을 떠날 수 있게만 해주신다면 정말 털끝만큼도 하나님을 원망하지 않을 수 있을 거 같다. 그 괴로운 상황만 오지 않아도 충분히!

세상에 이 순간에 치매나 알츠하이머로 점점 나빠지는 날들을 견디는 모든 분과 가족들에게 응원을 전한다. 인간이 사라져가고 악몽만 그 자리를 채우는 불행에 당신은 아무 잘못이 없다. 아무 책임도, 혹 따라오는 못 견딜 말이 튀어 나오더라도... 기운내시라!

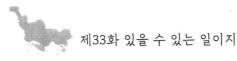 제33화 있을 수 있는 일이지

임플란트 치료중에 임시로 해놓은 어금니쪽 치아2개가 양치질 중에 빠져버렸다.

"있을 수 있는 일이지..."

번거롭지만 부랴 택시를 타고 치과로 가야 했다. 그럴 수 있다고 치과에서도 미리 말해준 것을 보면 나만 아니라 더러 그러나보다. 그럼 뭐 세상에 나에게만 생긴 엄청난 불행은 아니다.

'쿵!' 며칠 전에는 주차장에서 차를 돌려 나오려고 후진하다가 그만 세워둔 차 모서리를 박고 말았다. 차 철판이 그리 약한지 몰랐다. 움푹 들어가면서 찢어졌다. 딴 생각에 잠겼던 게 원인이었다. 30년 운전에 3번째 접촉 사고. 십 년에 한 번 꼴이다. 한 번도 사람이 다친 적 없어 다행이라고 위로 삼아야할까?

"있을 수 있는 일이지..."

숱한 보험회사들과 자동차 정비소들이 기업을 유지하고 돈을 버는 것을 보면 나만 뭐가 부족해서 생기는 일은 아닌 것 같으니까. 바로 보험접수하고 상대차주께 죄송하다고 전화로 사과했다. 문제는 내 차 수리다. 차 나이가 많아 보험회사에서 자차보험은 가입안해줘서 전액 본인 돈으로 수리해야 한다.

정비소에 맡겨놓고 걱정 자책 후회로 잔뜩 무거워 있는데, 대구의 아는 분이 수리비보다 조금 더 많은 돈을 보내오셨다. 세상 누구에게도 말 안 했고 유일하게 아는 아내가 모아둔 비상금을 조금 보태겠다고 내놓은 상태였는데, 차는 아직 정비소에 있지만.

'있을 수 있는 일'

소설가 박완서씨는 남편과 아들을 한 해에 하늘로 보내고 삶의 의욕을 상실했을 때 그 무기력한 절망에서 건져낸 한 질문이 있었다. '왜 나만 아니어야 하는데?' 세상의 숱한 불행에서 왜 나만, 왜 우리 가정만 예외여야 하는지 답을 찾을 수 없었다. 그래서 그만 털고 일어났다.

나와 아내, 아이들, 우리 가정 앞길에 들이닥친 희귀난치병의 불행이 폭

풍같이 많은 것을 빼앗아 갔고 아직 진행중이지만 나도 예외일 수가 없다. 많은 사람들이 더 심하거나 덜한 불행도 안고 살아가는 세상이니까. 그러니 있을 수 있는 일이다.

아무럼 이런 분들을 떠올려 봐도 그렇다. 오랜 악순환의 요셉과 졸지에 당한 욥과, 조금 비겁해도 평범한 생을 살 수 있는데도 순교의 길을 간 예수의 제자들과 사도바울, 무참히 죽어간 모세 시대의 사내아이들, 예수 탄생때의 살륙당한 아기들과 그 부모들에 비교할 수 있을까? 죄 없이도 온전히 생명과 삶을 바친 예수는 또 어쩌고..

"있을 수 있는 일이지!"

앞으로도 작고 큰 속상할 일들과 긴 어둠의 곤란한 삶을 주문외우듯 스스로를 설득하며 살아가야겠다. 왜냐하면 사실이니까. 다른 사람들은 그래도 살아가니까! 줄을 지어 몰려오는 '있을 수 있는 일'들에 계절이 보탠다. 여러 생각과 감정과 감사를 안고 걷는 아침 운동길에 낙엽들이 길을 깔았다. 묘하게 좋을 수도 쓸쓸할 수도 있는 11월 말의 늦가을 분위기. '있을 수 있는 계절의 경계선'을 지나가고 있다.

제34화 안 아프게하는 아픈 이야기

"신경 끊어!" 혹은 '신경 꺼!'

어떤 일을 지나치게 걱정하거나 별 도움도 안되면서 끼어드는 사람에게 곧잘 하는 말이다.

그런데... 이 말이 많이 무겁고 슬프게 사용 되는 경우가 있다. 말기 암환자나 임종 전 환자들이 통증이 너무 심하고 다른 진통제 마약패치 등 치료가 듣지 않을 때, 그리고 회복 가능성이 없을 때만 하는 '신경차단술'이 그 경우다. 허리디스크나 통증완화를 위해 하는 가벼운 신경차단술도 있지만 췌장암이나 임종 직전의 환자들에게 중요한 신경을 차단하는 경우는 같은 신경치료지만 결코 가벼운 이야기가 아니다. 호스피스에 관한 질문에서도 신경차단술이 나온다.

[말기암환자의 경우 80% 이상에서 통증을 경험하므로 적극적인 통증조절은 환자가 의미 있게 생의 마지막 시기를 보낼 수 있도록 필요한 가장 기본적인 완화의료입니다. 통증조절에 도움이 된다면 방사선치료나 신경차단술 등 고가의 장비와 고도의 기술이 요구되는 완화적인 치료 역시 제공됩니다. - [출처]호스피스, 죽음이 아닌 삶에 대한 이야기]

안아프게 하는 방법이고 치료지만 본인이나 가족에게는 아픈 이야기다. 나는 종종 신경차단술이 아니라 생각 차단술을 받고 싶어진다. 생각이 시도 때도 없이 소용돌이를 치며 일어나 편치 못해서다.

보고 듣고, 누구를 만나면 자동으로 생각들이 너무 많아진다. 밤이나 낮이나 가리지 않아서 자주 수면부족과 피로를 느낀다. 안하고 싶다고 안 할수없는 생각의 부작용, 후유증들. 무릇 평안은 멍 때릴 수 있는 사람에게만 오는 복일지도 모른다.

'생각끊어!' '나도 그러고 싶다고! 그게 맘대로 안된다고 ㅠㅠ...'맘대로 조절이 되면 어느 누가 통증을 달고 살까? 안되니 진통제도 맞고 마약패치도 붙이다가 별의별 방법이 안통해 너무 힘드니 신경차단술을 받는거지. 대신 비싼 대가를 치른다. 다시는 통증을 못 느끼는 만큼 살아있는 감각도 못느낀다. 각종 불편한 기분과 실재 위험에서 대피도 못한다. 불에 데어도 바늘에 찔리고 칼에 베어도, 피가 흘러도 모른다.

우리의 생각을 모두 차단하면 어떻게 될까? '개념 없는 사람' '생각이 모자란 사람' '소통이 안되는 사람' 별의별 소외를 당하고 비난을 감수해야 할 거다.

어쩌면 살아도 산 사람 대접을 못 받고 무시를 당할 거다. 하지만 생각이 없으니 불행하지도 않겠지? 그게 무슨 상태일까? 생각 없는 삶이라는 생명이...

생각 차단술의 기대와 부작용 사이에서 고민이 깊다. 이또한 온갖 생각을 불러 감정 호수의 밑바닥에 흙탕물을 일으킨다. 아... 생각, 애물단지여!

제35화 나에게서 너에게로...사는 길

우리가 많이 알고 좋아하는 윤동주의 '자화상'이라는 시. 그의 우물에는 미웠다가 가엾다가 그리워지는 사나이가 있다.

산모퉁이 논가 우물을 들여다보니 그 속에 한 사나이가 있고 그가 미워보이고, 돌아서면 가엾고 다시 보면 또 밉고, 그래도 돌아서 가다보면 그 남자가 그리워진다는 마음.

나도 종종 내 우물을 들여다보다가 그만 빠지고 만다. 젊을 때는 내가 너무 잘나서 뭐든지 다 할거 같고 예쁜 여자와 행복하게 사는 꿈에 설레기도 했다. 자기 모습에 반했다는 나르시스처럼.

하지만 이제 나의 우물은 들여다보면 두려움과 슬픔과 불면증을 부르는 죽음의 문이 되어 버렸다. 그 우물에는 들여다볼수록 늙어가는 남자와 홀로되어 온갖 병들이 온몸을 갉아 먹어가는 내일만 보인다. 외로움과 포기와 무기력함을 생생하게 맞아야 하는 현실의 그림들.

사실 사람의 생은 다 그 과정을 지나가는 정상이거늘 늙고 병들고 혼자되어 사라지는 그 마지막은 괴롭다. 사랑하는 이들을 하나 둘 이별하고 기억에 담고 사는 상처와 할 수 있는 것 하고 싶은 것보다 못하는 것 포기하는 것이 늘어나고 심지어 저만치 가고 싶고 보고 싶은 자리도 가기 힘들어지는 연약해지는 몸을 느끼며 힘겨워하는 자각은 고통스럽기도 하다.

잠 못 들어 뒤척이다가 유튜브 어느 강의에서 예수의 삶을 설명하는 한 말이 들렸다. '우리를 위해 생을 다하다가 마침내는 뼈와 살, 피까지 주고 가셨다' 그리고 이어 찬송가 한 구절이 가슴속을 떨리게하며 지나간다.

'내 너를 위하여 몸버려 피흘려 네 죄를 속하여 살 길을 주었다
널 위해 몸을 주건만 너 무엇 주느냐 널 위해 몸을 주건만 너 무엇 주느냐'

예수는 그 각오를 지키기 위해 골고다 가는 길에 누군가가 주는 사형수들에게 흔히 배푸는 통증을 마비시키는 약이 섞인 물을 거절했다. 맑은 정신으로 스스로 내어주는 마지막을 선택하면서.

자기의 우물만을 들여다보면 십중팔구는 빠져 죽는다. 나이 들고 몸 불편하며 여러 상처를 가진 사람일수록 더 그렇다. 우리의 우물이란 그렇게

쌓인 고통과 연약함을 더해가는 법이다. 나도 내 우물을 보며 슬퍼지기 시작했다. 사랑하는 형제 자매 부모와 헤어진 기억들, 돌아가며 여기저기 나빠지는 몸. 가진 것들은 점점 줄어들고 남들에게서도 잊혀져 가는 외로움. 자주 밤마다 그런 모습들 때문에 잠을 설치고 미쳐가고 있었다.

그러다가 고개를 돌려보았다. 나를 들여다보면 꼼짝없이 폐물에 짐보따리만 될 내 미래가 누군가에게 주먹 만한 도움이라도 줄 수 있다면 달라질 것 같았다. 나보다 더 힘들고 외로운 사람의 말을 들어주고 한 덩어리 먹을 거라도 구하고 벌어서 나눠주러 갈 수 있다면 버티고 살 이유가 될 거다. 먹고 기운 내고 잠자고 건강을 지킬 명분. 그러는 시간은 허무하지 않을 것 같다. 실재로 나에게는 아주 작지만 그런 내 도움이면 생명을 이어갈 아내가 있다.

뼈와 살과 피까지 남을 위해 주시며 생을 마치신 예수님을 보니 그렇다. 극한 고통을 마비시킬 약조차 외면하고 물리신 그 깨끗한 용기야 못 따라가도. 나에게서 남에게로 가라는 메시지. 내 우물만 들여다보다가 우울증과 병들어 마칠 생명에서 남의 형편을 돌아보며 가진 작은 것 남은 힘으로 함께 나누다 가는 삶. 죽음에 이른다는 병, 우울증에서 건져내시는 본 되신 예수님이 눈물 울컥 뜨겁게 나오도록 고맙다. 그거 알려주시려고 하나뿐인 생명을 던지셨다.

그만 울어야 한다. 무너진 과거, 잃어버린 소유들, 약해진 건강, 이별한 사람들, 부재중이 되어버린 그 자리 그 시간들이 주는 악몽 등, 자꾸 자기만 들여다보면 죽을 수밖에 없는 답에서 벗어나자. 남은 여력 남은 시간을 가지고 남은 사람들에게로 가야겠다. 아마도 주님이 바라시는 모습일지도 모른다. 그것은 동시에 나와 너, 우리를 살리시려는 의도인지도 모른다.

이제 자주 훈련을 해야겠다. 내 우물에 온통 감정과 시선을 쳐박고 몰락하는 길을 벗어나 남을 돌아보며 무엇이라도 유익할 남은 생을 살 수 있도록 마음을 바꾸어먹는 마인드컨트롤을 반복해야겠다.

'너의 우물 속에는 너의 웃음과 나의 평안이 보이고, 아픈 몸 볼 것 없는 처지지만 두렵지도 창피하지도 않은 감사가 있고, 영영 돌아가면 기다려주는 분 있어 슬프지 않은 우물이 되었다'

언젠가는 그 노래를 부를 수 있었으면 좋겠다.

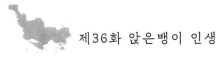

제36화 앉은뱅이 인생

등받이가 없는
앉은뱅이 의자는
앞이 따로 없다.
아니다
온통 앞만 있다.

기댈 곳이 없는
주저앉은 인생들은
내일이 없다.
온통 오늘만 있다.
어떤 오늘은
당장 눈앞만 있다.

제37화 생존기록갱신- 오늘!

나는 오늘 기록을 다시 세웠다.
어제까지의 최고 생존기록에
하루를 더 보탠 기록!
내가 평생을 걸려서 세운 기록이다.
두 번은 도전하지 못하고
아직은 내 것이 아닌 숱한 날들 중에
살아서 맞이하는 하루
내 소중한 시간이 된
널 만나서 뿌듯하다.

제38화 누구의 죄인가?

아내가 갑자기 눈물을 쏟아내었다. 긴 한숨을 두어 번 쉬더니 답답하고
슬프다면서 "병원이 싫어... 재활치료도 싫고 약도 먹기 싫고
이렇게 살다가 죽는 것도 싫어!"

".........." 나도 마음이 무거워지고 딱히 할 말이 없다. "그럼, 지금 바로
퇴원해서 어디든 나갈까?" "지금 당장 뭘 하고 싶다는 것은 아니고..." 안
다. 그 마음, 우울하고 눌리는 기분. 가슴 위에 안 보이는 투명한 쇳덩어
리 두어 개 올린 것처럼 숨쉬기가 불편해지는 순간이 몰려올 때의 괴로
움을. 나도 5년마다 그 병에 두 번이나 걸려 정신과를 찾아 석 달씩 약 받
아먹고 상담도 했다.

손수건으로 눈물을 닦으며 뾰족한 길이 없는 아내를 보며 난 속으로

의사 선생님께 말씀드려 다시 우울증약을 처방해달라고 해야겠다 생각했다.

"있잖아, 나 전에 수도원 방문하러 유럽갈 때, 고비사막을 비행기에서 내려다 보는 데 문득 한 생각이 들었어. 온통 돌과 드문 나무 한두 그루 뿐인 그 땅에 사람이 사는 거야! 만약 서로 바뀌어 내가 저기 태어났으면 내 삶은 어떻게 되었을까? 그럼 나는 저기 아래 땅에서 하늘을 올려보며 지나가는 지금 이 비행기를 평생 보기만 하겠지? 저기 있는 몽고 사람은 반대로 이 비행기에서 내려다보고 있을 거고"

사람이 태어날 때 (무슨 기준으로 결정되는지는 모르겠지만) 이미 정해진 부모와 환경과 처지는 태어난 개인의 능력이나 부지런함, 노력 어떤 것으로도 넘기 무지 힘들게 한다. 오랜 시간을 거쳐 바꾸는 사람도 있겠지만 그건 아주 극소수고 몽골에서 난 사람이 한국인 신분이 되어 한국 땅에서 살기가 그리 쉽지는 않다. 같은 나라에서도 넉넉한 부모 아래 태어난 사람과 가난하고 불행한 부모 아래 태어난 자녀들은 엄청 다르다. 그 아이들 잘못도 무능력 때문도 아닌데. 그리고 보면 생명과 탄생은 공평하지 못하다는 생각도 들어.

사실 결혼 전 난 그런 지나친 생각에 아이들 보기가 미안할 거 같아 결혼 안 하려 했다. 아내를 만나는 바람에 좋은 것만 보이고 기대만 생겨 무너졌지만. 그래서일까? 우리 아이들이 결혼 안 하고 살 수도 있다는 말에 박수는 안치지만 공감도 한다. 산다는 그 무거운 길을 본인의 선택도 없이 들여놓게 했다는 부담에.

나는 기독교인이 되었지만 타고난 감성은 불교 성향이 아주 강하다. 삶은 고통의 시작이고 최대한 허무와 염세로 가라앉히는 게 상책이며 삶에 애착이 없을수록 짐을 벗어나는 해탈일 거라는. 다행인지 불행인지 기독교를 만나 관계의 삶, 함께 만드는 세상의 가치관을 인정하게 되었다. 기도도 찬양도 나눔도, 결혼과 가정, 다음 세상의 소망도 모두 그렇다. 누구가 있어야만 가능하고 의미가 있으며 아름다울 수 있다는 기준이.

아픈 아내와 속수무책인 남편인 내게 이런 우울한 시간이 올 때면 힘들다. 그만둘 수도, 피할 수도 없는 날들을 살아가야 하는 이 처지가 밉다. 생일, 그것도 아주 중요한 해라고 아내가 선물로 준 하루. 나 혼자 그 하루를 휴가처럼 받아 2년 만에 가고 싶은 곳을 다녀 왔더니 아내가 마음의 병이 나서 나를 기다리고 있었다. 너무 비싼 대가를 치러야하게 생겼다. 어쩌라고...

누구의 죄일까? 내가 태어난 것은, 무슨 재미로 살까? 이 남은 날들은... 슬그머니 옥상으로 올라가 쓸데없는 감정에 빠진다. 문득 사람이 마른 땅에 핀 꽃 같다는 생각이 든다.

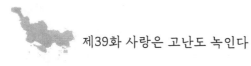

제39화 사랑은 고난도 녹인다

'없는 집 밥이 남는다!'

나 어릴 때 어른들이 하시는 이 말씀을 종종 들었다. 가난한 집에 손님으로 오신 분들이 서로 덜 먹고 다른 사람에게 양보하다 보니

오히려 밥이 남는 현상을 말하는 것이었다. 밥이 무슨 램프요정 지니가 부린 요술도 아니고 퍼도 퍼도 샘솟아서 그런 게 아니었다. 요술이라면 서로를 먼저 챙기는 사랑의 마음이 부린 요술이다. 물론 예수님이 참석하셨던 오병이어의 그 자리는 진짜 밥이 샘솟았지만. 처음 제공된 음식보다 남은 것이 더 많았으니까! 예수님과 하나님의 사랑은 우리보다 열배 백배는 더 지극하고 넘쳐서 그랬나 보다.

비슷한 심리지만 정반대의 일도 있다. 전쟁이나 재난의 징조 앞에서 종종 이런 현상을 본다. 서로 불안한 마음에서 남들이 다 가져갈까봐 먼저 사다 보니 생기는 현상. 이른바 사재기 현상. 평상시 소비량이면 모자라지 않을 물건들이 오히려 일찍 동이 나버리고 꼭 필요한 사람, 가난한 사람은 생존에 당장 필요한 음식이나 생필품도 구하지 못해 고난을 당한다. 사랑이 너무 모자라 생기는 볼쌍사나운 요술이다. 나만, 나부터 챙기는 심리전에 휩말리면 꼼짝없이 몰아치는 사탄의 광풍.

어느 집에 딸이 둘 있었다. 먹는 욕심이 둘다 만만치 않아서 아버지가 뭘 사오면 늘 다투었다. 서로 조금이라도 더 먹겠다고 신경전 육탄전도 마다해 보기가 안 좋았다. 어느 날 케이크를 사온 아버지는 둘을 불렀다.

"큰 아이야! 너에게 이 케익을 둘로 나눌 기회를 주마,
너 마음대로 나누어라. 단 한가지 조건이 있다.
자른 케익중 하나를 가질 선택은 너 동생에게 먼저 주는 거다!"

언니는 머리를 아무리 굴려도 자기가 더 먹을 방법이 없었다. 한쪽을 크게 잘라놓으면 동생이 그걸 선택할 게 너무 뻔했으니. 결국 똑 같은 크기로 둘로 나누었다. 경제법칙에 나오는 균형이론을 쉽게 알아듣도록 설명한 이야기였다.

때론 사람들 사는 세상은 고귀한 사랑의 법칙보다 따분하고 무생물같은 경제의 법칙이 더 정의롭고 효율적일 때도 있다. 욕심과 이기적 심리를 바탕으로 한 슬픈 법칙들이라도, 조금은 인간적인 경제의 법칙을 하나 더 보자. 잃어버린 인간의 품위와 자부심을 그나마 조금 회복할 수 있는 이야기.

갑돌이와 을순이에게 게임의 법칙을 설명했다. 만원을 갑돌이에게 줄 것인데 그 만원을 갑돌이는 나누어야 한다. 을순이에게 주고 싶은 액수대로 주되 을순이가 수용하면 그대로 끝나고 만약 을순이가 거부하면 그 만원은 도로 회수하고 둘은 빈손으로 끝난다. 갑돌이는 고심끝에 4500원을 을순이에게 주었고 을순이도 오케이! 했다. 여러 시험대상들에게 시도한 통계에서 나온 결론이었다.

그런데 갑돌이가 욕심을 부려 2000원만 주고 자기가 8000원을 가진 경우 을순이는 너무 자존심도 상하고 분해서 거절을 했다. 둘 다 십원도 못 가져도 그러는 쪽이 오히려 좋겠다고 결정을 해버린 것이다. 이 또한 그 선이 2000원 이하를 을순이에게 줄 때 일어나는 다수의 통계였다. 그 2000원이라도 받으면 이익이고 안 받으면 손해인데도 그런 선택을 했다. 감정 없이 숫자로만 보거나 욕심으로만 보면 이해가 안 되는 반응이다.

사람이 사람대접을 받지 못하면 비록 손해가 나도 거부를 하는 인간의 특성. 다행이랄까? 그나마 무생물 혹은 짐승과 다른 품위를 지키는 면이. (이 설명은 이완배기자가 경제의속살 프로그램에서 말한 것을 인용했다)

지금은 병든 아내를 처음 만나서 데이트를 할 때 우리는 가난했다. 오래 이야기를 나누기 위해 커피를 마시고 돈이 모자라 밥은 라면 한 그릇으로 나누어 먹고 라면보다 비싼 커피값을 부담하면서 긴 이야기 시간을 가지기도 했다. 그래도 행복했다.

결혼 후 세 아이들 뒷바라지하며 벌이가 모자라 빚이 앞서갈 때 나는 밤에 벌떡 일어나 잠을 못 이루기도 했고 아내는 그걸 보다가 내 빚 장부를 인수해갔다. 수입과 지출을 다 책임 질테니 그냥 하는 데까지 일하고 건강하게 잠자라고. 정말 신기하게도 그 뒤로 잊어버리고 잘 자고 다시 웃음을 회복할 수 있었다. 돈벌이가 더 늘어난 것도 아니고 지출이 줄어든 것도 아니었는데 평화가 왔다. 아내의 사랑이 그 짐을 져준 덕분이었다. 사랑은 고민도 녹였다.

그전에는 내가 아내를 많이 사랑하고 아주 잘해준다고 큰소리치며 살다가 뒤집어졌다. 아내는 많은 결정을 양보했고 뒷마무리를 감당하며 산 것을 꿈에도 몰랐다. 사랑은 가르치고 통제하고 일방적으로 주는 것으로 완성되는 게 아닌데 몰랐다. 어느 날 아내가 세상을 떠난 꿈을 꾸고 절망과 고독으로 통곡하다가 잠을 깼다. 아내가 없으면 못사는 나를 깨달은 후에 내 진짜 사랑이 시작되었다.

육체적 고단함이나 생사의 고통, 투병을 돕는 일이 생색이나 의무가 아니고 진짜로 마음에서 우러나 다 이쁘고 자발적으로 돕고 싶어졌다. 사랑이야말로 고난도 녹이고 죽음의 두려움도 내어쫓는다는 경험을 했다. 생물학적 수명이 아주 늦은 나이에, 신앙의 연륜도 수십년이 지나서 겨우. 그래도 고맙다. 죽기 전에 그걸 알게 되고 우리가 고백할 기회를 주셔서!

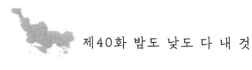 제40화 밤도 낮도 다 내 것

"운동 다녀오나봐요?"

"예! 옥상 몇바퀴 돌고 왔어요"

"에구... 좋겠수, 난 이놈의 다리가 말을 안 듣고 얼마나 아픈지 겁나서 못해요!"

"그래도 안 움직이면 더 아프고 오래간다니 조금씩이라도 하셔요."

그 말에 워커를 끌며 걷는 아주머니가 확 말을 던집니다.

"내가 그쪽만큼만 다리가 성하면 왜 안 하겠어요?

시간이 가도 표도 안 나고, 밤마다 통증은 심하지, 안 나으려면 콱 죽어 버리던지!"

그동안 아프면서 쌓인 스트레스와 부러워하던 심사가 그렇게 불평처럼 쏟아졌습니다.

"난 멀쩡해 보이지요? 난 아줌마가 부럽다고요.

내 머리 속에는 빨간 폭탄이 들어있는데 꺼내지도 못하고 여차하면 터질까 봐 늘 겁나요.

차라리 팔이나 다리 하나 짤라 버리고도 죽을 걱정 없이 살아봤으면 원이 없겠어요.

내가 아줌마 그런 병이라면 감사하겠네요!"

뇌 속이 부어서 터질지도 모르는 병을 가지고 수술도 안 되어 고통 중인 또 다른 아주머니가 그랬습니다. 겉으로 멀쩡해 보이는 게 다가 아닌 사실을 너무 자주 보고 사는 나로서는 압니다. 한 번씩 더 주고 받다가는 필시 싸움이 되고 승자도 없이 둘 다 상처를 후벼 파이는 패자가 될 게 뻔합니다. 그 장면을 보면서 저는 속으로 그랬습니다.

'우리는 걷는 건 고사하고 앉지도 못하고 남은 시간 보장은 고사하고 죽어가는 중인데... 그것도 당신들처럼 한 두 해도 아니고 십 년이 넘도록 병원에 살고 있다고요!'

하지만 그런 도토리 키를 재는 미련한 경쟁이 누구에게 무슨 도움이 되겠습니까? 병원에서 흔히 보는 풍경 중 하나가 그런 관계입니다. 이 사람은 저 사람을 부러워하고 저 사람은 오히려 이 사람을 부러워하는 모순. 다들 내게는 없는 부분이 남들이 가진 걸 보면서 부러워 합니다. 그러나 알까요? 남이 나의 희망이고 소원의 모델인데 정작 그 당사자들은 이쪽을 보며 똑같은 생각을 한다는 걸. 알고 보면 둘 다 자신은 절망의 덩어리에 불안과 원망, 괴로운 나날을 보내는 중이라는 걸. 과연 누가 나은 것이고 무엇이 정답일까요?

지난밤에는 악몽을 꾸다가 새벽 3시에 잠을 깨고 아침이 밝아오기까지 뒤척였습니다. 나쁜 사람이 휘두르는 칼을 간신히 피하고 떨어뜨린 그 칼로 도리어 해쳤습니다. 그냥 도망을 쳤으면 좋았을 걸 그 사람이 가진 많은 금과 돈을 빼앗아 뛰었지요. 한참을 도망가다가 철렁 겁이 났습니다.

'내가 왜 그랬지? 그냥 몸만 피해야 하는 건데 이제 저 사람이 죽도록 나를 쫓아 오겠네 에휴...' 정말 후회막심이었습니다. 평생을 맘졸이며 살피며 도망 다녀야 하는 짓을 저지른 게.

그런데 꿈에서 깨어나면서 얼마나 고마웠는지 모릅니다. 그 생생한 공포감과 두려움과 후회, 그것들이 전부 꿈이었다는 사실이! 그게 진짜 삶이었다면... 아마 내 일생은 지옥이 되었을 겁니다.

아침 내내 그 생각에 안심하며 마음을 달래다 아내에게 말했습니다. 진짜 생시에서는 절대 그러지 말아야겠다는 각오를 하면서 말입니다. (물론 지옥이 있다는 걸 알면서도 대충 살다가 기어이 지옥 가는 사람 무지 많다고 기독교인들은 그럽디다만)

요 며칠 왜 내가 악몽을 꾸고 잠자리가 어수선해질까 돌아보았습니다. 아마도 지난 두어 달 내 주변에 일어났던 슬프고 힘들었던 일들, 그리고 또 나를 기다리고 있는 몇 가지 고단한 일정과 작고 큰 걱정거리들 때문 같습니다. 난 괜찮다 스스로에게 말은 수십 번 수백 번 하면서도 마음속은 전혀 안심이 안되었나 봅니다.

그러다 남의 암보다 내 감기가 더 아프게 느껴지는 법칙에 또 빠졌는지도 모릅니다. 남들은 다들 행복하고 잘 지내고, 아무 걱정 근심도 없고 건강하게 지낸다고 보였나 봅니다. 그래서 환자들이 서로를 부러워하고 자신을 좌절과 절망으로 몰아넣는 모순처럼 저도 종종 우울해지고 수렁에 빠집니다. 막상 터놓고 말해보면 별 차이도 없이 서로 비슷할지 모르는데도 말입니다.

형편이 나빠지거나 심사가 안 좋을 때는 밤이 오는 것이 무섭습니다. 그러나 밤은 기어이 옵니다. 그것도 하루에 한 번씩 빠짐없이 평생을. 비록 밤이 길고 어둡고 외롭다고 낮에도 근심하고 두려워하며 우울해질 수는 없습니다. 그래서는 정상적인 하루를 맞이하고 보낼 수 없으니까요. 우리가 통과할 수밖에 없는 일생이란 바로 그 밤과 낮이 교대로 길목을 지키고 있습니다.

그 둘을 교대로 차례로 지나가지 않고는 절대 단 하루도 앞으로 나갈 수 없는, 선택이 불가능한 길입니다. 그걸 인정할 때만이 낮은 낮대로 힘차게 살고 밤은 밤대로 휴식과 나름 유익하게 보낼 수 있습니다. 만남이 낮이고 이별이 밤 같기도 하고, 성공이 낮이고 실패가 밤 같기도 합니다. 서로 어울려서 신날 때가 낮 같고 다들 돌아가고 홀로 지낼 때가 밤 같기도 합니다. 건강할 때가 낮 같고 병 들 때가 밤 같기도 합니다. 부유할 때와 가난할 때도 그렇습니다. 그러나 우리에게는 그 둘이 모두 합하여 하루라는 생명의 날이 되고 창조가 완성됩니다. 밤 때문에 낮도 힘겨워지는 삶이 계속되면 우울증에 걸리며 짓눌려 사는 불행에 빠집니다.

신앙인은 밤도 낮도 다 하나님이 주신 하루의 부분이며 다 유익하다는 걸 인정합니다. 오늘도 가라앉는 밤을 넘기고 새 기운으로 하루를 추스리는 아침을 시작합니다. 나보다 우리보다 나아 보이는 복을 누려 보이는 분들도 어쩌면 나는 있는 데 없을 수 있고, 그분들에게는 없는 것이 내게 있을지도 모릅니다. 그분들의 희망이 나 일지도 모릅니다. 혹시 안 그렇다 할지라도 누가 대신 견뎌주겠습니까? 이 반복의 시간들을, 혹시 진짜 내가 더 불리한 처지일지라도 누가 대신 살아주겠습니까? 이미 접어든 생명의 길에서...

그러니 밤도 나의 것이고 낮도 나의 것입니다. 흐린 날도 나의 것이고 맑은 날도 나의 것입니다. 아닙니다. 이 모든 것들이 다 나쁜 꿈 안되게 늘 도우시는 분, 주님의 것입니다!

제41화 누가 내 형제고 자매인가

"아야! 나 죽어! 아이구!" 같은 병실 앞자리에 있는 할머니가 갑자기 복통으로 신음소리를 냈습니다. 조금만 먹어도 토하고 늘어졌습니다. 증상을 살펴본 의사가 큰 병원으로 정밀 검사를 의뢰했는데, 췌장에 염증이 생겼다고 했습니다. 상태가 심해 수술을 해야 할지 모른다고 했습니다.

'어쩌면 다른 병원으로 가게 되겠구나! 잘 됐다!' 의사의 말을 듣자마자 나도 모르게 그런 생각을 했습니다. 그리고는 바로 가슴이 철렁 내려앉았습니다. '사람이 아픈데, 더 나빠져서 수술을 하게 될지 모른다는데 잘 됐다니?'

'내가 왜 이렇게 고약한 사람이 되었을까?'하는 자괴감이 큰 파도처럼 몰려왔습니다. 돌이켜보니 이해는 갑니다. 그 할머니가 이 방에 온 첫날부터 침대에서 대소변을 보는데 냄새가 너무 심했습니다. 게다가 치매가 있어 수시로 울고, 욕하고, 밥 먹고도 밥 안 준다고 간호사실에 일러 애매하게 간병인이 야단맞는 모습도 여러 번 보아야 했습니다. 그러는 동안 미운털이 박힌 것입니다.

그러나 이내 가슴이 철렁한 것은 또 다른 모습이 떠올라서였습니다. 어머니가 마지막 5년을 시립병원에서 지내다 돌아가셨습니다. 파킨슨으로 거동 못하고, 위암에 치매 증상까지 겹쳐, 그곳 간호사들의 손을 많이 빌렸습니다. 아픈 아내를 돌보느라 가보지도 못하고 임종도 못 지킨 불효 아들이 되었습니다.

'만약 저 할머니가 내 어머니였다면?' 그래도 눈앞에 안 보이기를 빌고 잘 됐다! 라는 생각이 들었을까요? 불편한 공간에서 오래 시달리면 누구나 그럴 수 있지만, 그 대상이 남이 아니고 가족이라면? 아마 그러지 못할 겁니다.

하지만 한 가지 길이 있다는 걸 이번 경험으로 알게 되었습니다. 그 방법이란, 남들과 지내면서 소화하기 어려운 순간을 만날 때 저 사람이 '내 가족이라면?' 하고 생각해 보는 겁니다. 그러면 마음의 풍랑이 가라앉는 걸 느낍니다. 사람들은 보통 어지간히 미운 마음이 들어도, '내 가족이라면' 다르게 받아들입니다. 내 가족의 성공을 위해 남들에게 피해를 주는 가족이기주의도 흔합니다. "우리가 남이가!"라는 지연, 학연도 그 일종이고, 남들에게는 죄에 가까운 불공평한 빽이라는 것도 그런 거지요.

그래도 잘 안 되는 경우가 있습니다. 오랜 세월 아픈 아내를 돌보다보니 내 가족이라도 귀찮아질 때가 많습니다. 너무 힘들고 지치면 미워지기도 합니다. 그때는 '내 몸이라면?' 하고 생각해 봐야 합니다.

인정하기 싫지만, 내 몸만 챙기고, 나만 아니면 무슨 일도 괜찮은 이기적 태도가 나쁘다 좋다 말하기 이전에 사람들이 피하지 못하는 한계이기도 합니다. 나는 너무 힘들고 아픈데 다른 사람들이 잘 지내는 모습을 보면 심술도 나고 외로워집니다. 아무도 나를 몰라 준다는 서러움이 복받치기도 합니다. 나만 그럴까요? 똑같은 입장에서 다른 사람들도 그렇지 않을까요? 그래서 남들도 나와 같을 것이라고 생각하면 조금은 견딜 만해집니다. 이해도 되고 덜 미워집니다.

예수는 "보소서 여기 어머니와 형제들이 왔습니다!"하는 제자들에게 "누가 내 형제고 자매냐! 아버지의 뜻을 따라 사는 이들이 곧 내 가족이다!"라고 말씀하셨지요? 새로운 하늘나라의 소중한 가족 개념을 가르쳐 주셨습니다. 또 "이웃을 내 몸처럼 사랑하라! 이것이 하나님이 주시는 큰 두 번째 계명이니라!"라고 못 박았습니다.

한없이 연약하고 이기적이고 못난 내 성품도 역으로 사용하면 좀 더 나은 사람이 되기도 합니다.

제42화 다 들어줄 한 사람 있나요?

딸아이가 오랫만에 올라왔다. 방학 시작하고도 이런 저런 할일이 많아서 오지 못하다가 마치 군대간 아들들이 휴가 나오듯 사나흘 지내러 왔다. 마중나간 기차역에서 아이를 태우고 돌아오는 길에 나는 밀린 이야기 듣고 싶어 이것저것 묻고 재미있게 놀린다고 대꾸하다가 또 핀잔을 들었다. 갈수록 아이는 예민하고 신경질도 잘 내고 사납기조차 한다.

"내가 늙어가고 힘 없다고 그러는 걸까?
자기가 돈도 버는 자신감이 늘어간다고 그러는 걸까?"
별 생각에 서운함이 오기도 했다. '못된 딸내미! 지가 혼자 어른되었나?'

하지만 나도 안다. 아이가 나를 얼마나 의지하고 고마워하는지도. 지난번 심장부정맥으로 새벽에 응급실 갔다는 이야기를 무심코 했었다. 아이는 그 말을 듣고 정말 3초도 지나지 않아 눈물을 펑펑쏟으며 울었다. 그렇다고 소리를 내면 내 가슴이 덜 아팠을지 모른다.

소리 한마디 안 내고 꺽꺽 참으며 눈물만 주룩주룩 흘리며 울었다. 아차! 싫어 달랬더니 그런다.

'아빠 아프지마... 오래 살아야 해!' 나는 그저 있었던 일 알고 지내자고 아무 생각 없이 했다가 호되게 애먹었다. 곽휴지에서 몇 번이나 티슈를 꺼내 눈물 콧물을 닦아주며 안고 달래느라.

아이가 가방이랑 선물 몇 개를 엄마에게 내밀었다. 학교에서 지내느라 못 왔던 엄마의 생일을 늦게나마 축하한다며. 그리고 앞뒤로 가득 채운 편지 한 통도 같이 종이백에 같이 들어 있었다. 지난 해 힘들게 보낸 학기와 요즘 이런저런 심정을 참 자세히도 적었다. 자기도 멋 적었는지 '생일축하한다고 쓰면서 내 하소연만 늘어놓았네? ㅋㅋ' 했다. 얼마만에 받아보는 아이의 편지인지 반가웠다.

중고등학교 끝나고 대학생이 된 이후로는 끝난 줄만 알았는데 고맙게도 아니었다. 비록 그림일기도 아니고 효도할게요 하는 초등학생 스타일도 더는 아니지만. 인생에 대한 고민과 친구나 주변 사람과의 인간관계에 대한 진지한 고민들이 담겼다. 그런 심중의 말을 들려주는 아이가 고맙고 가족을 확인하는 것 같아 기뻤다. 엄마 아빠가 있어서 너무 좋단다. 많이 힘을 내고 위로가 된단다. 이게 얼마나 큰 효도인지 아이가 알고 했을까?

퍼뜩 한 생각이 스쳤다. '그래, 세상에 한 사람 정도는 신경질도 받아주고 넉두리도 들어줘야지! 일 안 풀리고 고민이 몰려오면 짜증도 내고 엉엉 울기도 할 수 있어야지!' 그 한사람이 나였다. 그 한사람으로 나를 정해준 딸아이가 고마웠다.

하나님도 그런 심정일까? 이유도 안 되고 변덕부리며 온갖 투정을 부려도 들어주고 시도 때도 없이 고민하고 근심으로 한숨 푹푹 쉬어도 기다려 주는 마음이? 나에게, 우리에게 그 한 사람이 되어주기로 하신 걸까? 죽지 않고 살 수 있는 힘이 되어주는 아빠 같은 분으로!

깜박 억울하다며 밀어내버릴까 했던 딸과의 사이가 안정이 되었다.
남들에게는 함부로 내색하지 않는 온갖 못난 마음 다 보일수록 더 가까운 사람으로 단단해지는 '그 한 사람'과 사랑하는 아이로.

제43화 연탄재 함부로 차지말라?

두 주간, 14일이 넘도록 꼬박 응급실을 거쳐 수술을 받고 회복과정을 아내 곁에 머무르면서 한 번도 샤워를 못 했습니다. 조금은 더운 초여름의 날씨에도 불구하고. 기본 세면과 머리만 감는 정도로 버텼습니다. 날마다 계단 오르기를 하면서 날마다 씻던 일상이 중지되었습니다.

그런데, 정말 나는 못한 걸까요? 아니면 안 한 걸까요? 처음 응급실에 있을 때는 그렇다치고 나중에 입원실로 옮기고 나서는 마음만 먹으면 할 수도 있었을 겁니다. 아무리 종합병원이 재활병원처럼 샤워실 시설은 안 갖추어져 있다해도. 그러니 엄격하게 말하면 못한 게 아니고 안 한 게 맞습니다. 그럼 왜 안 했을까요? 쉬지 않고 계속 통증을 호소하고 잠 못이루는 아픈 아내가 있으니 그랬을 수도 있습니다. 수시로 간호사를 부르고 어떻게든 조치해야 했고, 배변 소변 해결도 해야 했습니다.

수술받은 아내가 꼼짝 못하고 열흘 넘게 누워지내는 바람에 온몸에 통증도 만만치 않아 마사지하고 운동시키고. 그러다가 잠시라도 틈나면 쉬고 싶었습니다. 샤워보다는 누워서 모자라는 쪽잠도 자고 싶었고, 아님, 물에 잠긴 듯 무거운 기분을 풀려고 나가서 커피 한잔 마시며 벤치에 앉아 바람이라도 쐬고 싶었습니다.

그러면서 알았습니다. 종종 혼자 숨진 채 발견되는 사람들의 뉴스를 보면서 정말 밥숟가락 들 힘도 없어서 굶어 죽는 걸까? 누구에게라도 도움을 청하고 밥 얻어먹으러 길에 나가고 그럼 안 죽을텐데, 사람들이 그렇게 비난을 합니다. '게으르고 약해빠져서라고….' 어쩌면 저도 조금은 그 비난에 알게 모르게 동감했을지 모릅니다.

하지만 이번에 보름 넘게 목욕도 안 하면서 알게 된 것은 게을러서 못한 게 아니고 하고 싶은 의욕을 상실해서 그렇게 되더라는 것입니다. 어쩌면 굶어 죽어간 그들도 숟가락 들 힘도 없어서가 아니고, 밥을 먹고 나서 뭘 하고 싶은 의욕이 도무지 없었기 때문인지도 모른다는 짐작을 했습니다. 그걸 하기보다는 아무것도 안 하고 싶은 힘든 마음이 가득 차서 그냥 냅두다가 몸이 망가진 것이 맞을 겁니다.

바깥에 눈에 보이는 것보다 더 아래 깊고 어두운 이유를 모르면 쉽게 비난만 하게 됩니다. 게을러서, 약해빠져서 그런다는 가시 들어간 말을 하게 됩니다. 불행 해본 적 없는 사람일수록 더 그러기 쉽고, 가르치는 공부만 한 사람들은 더 힘주며 그럽니다. 심지어 나무라는 태도로 화를 내며 정죄를 합니다.

경험해보고 아파보니 알겠습니다. 그렇게 쉽게 말해서는 안 되는 고단한 마음이 있고 사정이 있더라는 것을. 제발 그저 눈에 보이고 지적하기 좋은 현상만 앞세워 흉보지 말고, 그보다 더 아래, 더 심하게 다친 마음도 먼저 알아주었으면 좋겠습니다. 상처를 입으면 그 상처주변만 아픈 게 아니고 일상이 전부 아프게 된다는 이해심으로.

시인 안도현은 그의 시, '너에게 묻는다'에서 그럽니다. [연탄재 함부로 발로 차지 마라 / 너는 누구에게 한 번이라도 뜨거운 사람이었느냐] 라고. 그리스도의 사랑과 자비는 무슨 대단한 희생이나 봉사보다 먼저 연탄재도 함부로 발로 차지 않는 조심스러운 배려에서 출발해야 될것 같습니다.

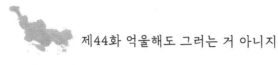 제44화 억울해도 그러는 거 아니지

'그래, 난 억울하다! 그래도 그러는 거 아니지'

...또 샜다. 속옷과 환자복을 적시고 침대시트를 지나 중간방지책으로 넣어 놓은 패드까지 소변이 적셨다. 벌써 3일째, 조금만 움직이거나 힘을 주면 주루룩 소변이 흘러나와버린다. 방광염이 심하게 걸린 아내는 이틀 까지는 감정을 추스리더니 3일째는 결국 눈물보따리를 쏟는다. 일그러진 얼굴로...

나는 말 없이 몇 번이나 다 갈아입히고 새로 시트를 깔지만 문제는 힘든 뒷 처리보다 우울해진 아내의 상태다. 달래고 갖은 방법으로 괜찮을 거라 고 해보지만 그게 어디 쉬운 일인가? 가라앉은 감정 다스리기가. 나도 억 울하다. 암만, 내가 뭘 잘못한 거도 아니고 해도 해도 끝도 없이 감당해야

하는 환자의 오르내리는 감정을 받아내는 보호자 가족 역할이란 게.

예전에 심리상담학과 인간관계훈련 과정을 공부했다는 소위 전문가가 그런 조언을 했다. 갈등과 피로를 주는 사람을 상대로 자신의 감정을 억누르고 참고 참다가는 나중에 모아서 폭발하면 상대방도 나도 모두 망하니까 그때 그때 냉정하게 표현해야 한다고. 심지어 늘 참는 스타일의 나를 미련하고 이중감정 위선자라고 날 시퍼런 지적까지 했다. 정말 내가 그렇게 위선자일까? 한동안 고민도 되었다.

그러나... 오랜 세월 보낸 내 결론은 '지랄, 뭣도 모르는 알량한 지식의 꽹과리...' 자신을 추스리지 못해 울음을 터뜨리고 죽고 싶다는 말을 하는 사람을 돌보면서 "당신이 이러니까 내가 힘들어, 자꾸 이러면 난 계속 이 자리를 견딜 수 없을 거야!" 라고 똑 부러지게 말하라고? 이게 심리학의 이론이야! 라면서? 그러려면 아예 애당초 옆에 있지도 말았어야 한다. 가족이 죽든지 말든지 단 하루만에 보따리 챙겨 야밤도주하는 편이 훨씬 인간적이고 진짜 영리한 사람이다.

병든 가족을 돌보다 힘에 겨워 불행한 끝을 내는 실패의 사례가 참 많다. 그래서? 그러니 애당초 버리고 떠나든지 아니면 인정사정없이 자기보호용 대응을 하라고? 아픈 당사자는 목숨 걸고 짜증 내고 울고 할퀴는데 성한 보호자의 꼴랑 건강 걱정, 심리 걱정 때문에, 억울하지 말자고 그런 짓을 하라고?

처음부터 그냥 당하기로 작정했다. 그리곤 그 억울함과 무거운 감정을 바깥에 나가서 걷고 먹고 소리 지르고 물건 사고 수다 떨고 전부 다른 장소 다른 사람을 상대로 쏟아부으며 살았다. 그 부작용도 만만치는 않았다. 몸은 밤낮 새벽 시간가리지 않고 못 자고 화풀이로 먹어댄 결과로 5년 만에 건강진단에 빨간불이 들어오기 시작했다. 간질환 위염 황달 중성지방과다 고지혈 당뇨 공황장애 심시어 부정맥 심장빈맥으로 응급실을 실려가는 등.

이번에도 달래고 들어주고 기다리다 가슴이 터질 것 같았다. "나도 힘들다. 나도 다 때려치우고 가고 싶다. 내가 뭔 죄냐?" 이 한마디를 목을 넘어오지 못하게 혀로 틀어막고 버티다가 한계가 오고 있었다. 방학이라 집에 와있는 막내딸을 불러 곁을 지켜달라고 하고 바깥으로 나갔다. 1시간여, 숨쉬고 걷고 마구 이것저것 쓰고 노래듣고... 그리곤 다시 병실로 돌아와서 원위치에 앉았다. 보호자, 가족이란 그런 거지 뭐 어쩌라고.

그래도, 그래서, 정말 고맙다. 세상에 억울한 일을 당하고도 소화하고 도로 삼키고 생을 사신 분들이, 그중에서도 예수님의 억울함을 비길 사람이 있을까? 인류를 사랑한다는 죄 아닌 죄 하나로 죽음의 길을 묵묵히 끝낸 그리스도. 그 덕분에 우리의 고통이 최악이 아니고 끝장이 아니고 나는 덜하지 라는 안전지대 쿠션이 생겼으니까. 막다른 철조망 대신 포근한 위로의 품이 나를 둘러싸니까.

밥 먹고 일하고 자고, 밥 먹고 일하고 자고, 밥 먹고 일하고 자고... 누구는 그 생활이 지겹다고 하고 누구는 그 생활을 다시 하고 싶어 복귀하는 게 꿈에도 눈물로 비는 소원이 된다. 죽음을 진단받은 암환자들과 손발을 꼼짝못하는 재활병원환자들이 하나같이 부러움으로 바라보는 대상이 그 지겨워 못사는 사람들이다. 아니, 그들의 일상이다. 나도 종종 눈물로 꿈을 꾼다. 얼른 그 지겨운 생활로 복귀할 수 있었으면 하고.

누구는 인생이 힘들다 하고 누구는 달콤하다 하지만 나는 인생이 서럽다. 남 탓도 해보고 무능한 내 탓도 해보며 살아 왔지만 세월이 갈수록 그건 별거 아니다. 이유가 무엇이든 하루도 어김 없이 해는 지고 노을길에 그림자 길게 남기고 모두들 돌아갔다. 집이 있던지 없던지 다들 귀가를 하고 내게는 이별의 흔적만 남겼다. 어느 날에는 나도 그러겠지? 누구에겐가 흔적만 남기고 소멸의 세계로.

하늘을 목놓아 부를 기운도 없어지면 원망도 소멸할까? 온갖 종류를 향한 체념들이 가져오는 빈 공간의 침묵이 아이러니하게 평안을 가져 온다. 어떤 이는 체념은 복수단어가 아니니 단수형 어미를 사용해야 한다고 하지만 나를 스쳐간 체념이 한 가지도 아니고 한 번도 아닌데 단수로는 못쓰겠다. '체념'이 아니라 '체념들'이라고 쓰고싶다.

겨울을 넘겨본 나무들만 기억하는 생존법칙은 그렇다. 가을이 오면 잎은 떨어뜨리고 물은 최소한으로 먹고 과하게 성장하지말 것, 등. 제 어미의 희생으로 만든 퇴비를 먹고 새 잎과 새 가지는 봄이 오면 새끼처럼 살아난다. 어쩌면 죽음도 사라지는 것이 아니고 새롭게 모양을 바꾸어 어떤 생명에 흔적으로 남는지 모른다. 한 해 두 해 십년 백년도 그렇게 이어져 왔다는 사실을 떠올려보면.

아이들은 내가 망쳐 놓은 인생 고난의 수렁에서도 열심히 앞으로 바퀴를 굴려 가며 여기까지 왔다. 버티고 탓하지 않고 하루씩 사는 본을 보인 것에 대한 대가? 분명 어딘가는 그늘지고 상채기 딱지를 달고서도 안 그런 아이들처럼 씩씩하게 사는 아이들. 어딘가 나와 아내의 고통과 순종이 흔적으로 담겼을 아이들이 우리나무의 새 잎이고 새 가지일까? 주어진 삶이 억울해도 나만 살자고 되 갚지 않고 사는 사람들에게 하늘이 바라고 하늘이 돕는 인생의 공식...

제45화 견디며 사는 거 재미없지만

"내 첫 번째 소원은..."

이틀에 걸친 국립암센터 병원 검사와 진료를 마치고 내려오는 길 차 안에서 그렇게 말을 꺼냈습니다. 많이 힘들었습니다. 출퇴근 하듯 숙소와 병원을 오갔고, 수납하고 진료 시간을 기다리고 하는 반복들이. 몸이 고단하면 어김없이 비염이 심해져서 연신 재채기와 콧물을 흘립니다. 온통 옷이 땀으로 젖을 정도로 힘듭니다, 입은 헐어서 먹을 때면 불편했습니다. 그럼에도 운전을 해야 해서 약을 먹을 수도 없었습니다,

"부디 당신을 먼저 보내고 일 년만 나에게 시간을 주면 좋겠어..."
아내를 두고 내가 먼저 세상을 떠나게 되는 경우를 떠올릴 때마다 늘 무겁고 남은 일을 감당하는 것이 끔찍하게 느껴졌습니다. 대소변 마비로 인

해 하루도 손을 놓을 수 없는 상태의 중증 아내를 돌보고 병원을 데리고 다니는 일, 그 비용을 마련하는 마음고생 등,

10여년 아내를 간병하는 동안 밤을 온전히 비운 것은 딱 두 번입니다. 딸아이 응급실에 갔을 때와 대학입학면접으로 지방에서 자야 했을 때, 그 2일 밖에 곁을 비우지 않은 생활에서 오는 누석된 갑갑함도 만만치 않았습니다. 그래서 아내가 먼저 가고 일 년 정도는 홀가분하게 신세진 분들에게 감사도 하고 홀로 여행도 하고 원망을 다 털고 삶을 마치면 정말 좋겠다 싶습니다.

"만약 그 소원이 안 된다면 두 번째는 같은 날 사고로 가던지, 강제로 동반해서 떠나는 거, 당신 혼자 두고 내가 먼저 가는 거 정말 최악이니까…"

하지만 아내는 그런 나를 말렸습니다. 아니, 근심의 무게를 덜어주는 말을 했습니다. "괜찮아, 혼자 남겨지면 분명 급속히 빠르게 악화 되고, 당신이 돌봐주던 연명치료가 없어지면 오래는 못 살겠지. 설사 그렇더라도 혼자 주어진 생명 마치는 날까지 어디서 어떻게든 살고 갈테니 강제로 데려갈 걱정 하지 마. 나 때문에 죄짓는 거 안 돼. 그 길이 아이들에게도 슬픔을 주지 않는 방법 아닐까?"

어깨에 올려진 무거운 짐이 절반쯤은 휙! 내려지는 홀가분함을 느꼈습니다. 그리고 고마웠습니다. 그렇게 말해주니 얼마나 마음이 편해지는지 고맙다는 말을 두 번 세 번 아내에게 했습니다. 내게 그 고민은 짐 이상의 고통이고 원망이었습니다. 사는 걸 힘들게 하시면 죽은 뒤라도 평안을 주셔야지 하나님이 너무 하다는 원망이 늘 따라올 정도였습니다.

견디며 산다는 거, 참 재미없습니다. 세상에는 많은 사람들이 지금 주어진 부족함과 불편, 질병의 고통, 가난을 견디며 살아가고 있습니다. 아마 거의가 다 그럴지도 모릅니다. 무려 26년을 치매 아내를 돌보다 자신의 건강이 나빠져 끝내 아내와 함께 차를 타고 저수지로 동반 자살한 할아버지 이야기를 들었을 때 남의 일 같지 않아 오래 힘들었습니다. 나아지지 않는 미래를 안고 견디며 산다는 거, 그 생활에 무슨 재미나 희망이 있었을까 공감하면서요.

'정답 없는 삶속에서 신학하기 - 한나의 아이' 책을 냈고, 정신병을 앓는 아내와 20여년을 전쟁처럼 시름하며 견디던 미국의 저명한 신학자 스탠리 하우어워스도 결국은 아내의 요구에 이혼해주고 자살로 마감한 아내를 지켜봐야만 했습니다. 삶은 대부분은 우리 손이 닿을 수 없는 어떤 흐름에 실려 가고, 행복보다는 고통과 슬픔을 끝으로 보는 경우가 많습니다. 다만 상황에 지지 않는 믿음과 고백이 빛이 되어 어둠을 물리칠 뿐입니다.

예전 수도원 공동체 공부차 방문했던 독일의 개신교 여성수도회에서 들은 이야기입니다. 정갈스럽게 꾸며진 작은 식당에 그보다 더 정갈한 음식을 대접받으며 들은 놀라운 이야기는 오래토록 삶에 짓눌릴 때 내게 힘이 되곤 했습니다. 그 수도원의 식탁과 음식이 방문한 많은 이들과 수도자들을 감동시키는 것은 30년 가까이 주방을 지키며 그 일이 하나님께 바치는 자기 헌신이라고 믿는 자매가 있었기 때문이라고 했습니다.

얼마나 바깥세상과 사람과 문화를 누리고 싶을까요? 지금보다 30년은 더 이전이면 차고 넘치는 에너지를 가진 젊은 시절이었을 테니. 그럼에도 자진하여 주방에서 음식을 만들고 식탁을 꾸미고 음식을 대접하는 일을 수도자의 수련처럼 살았다는 그 개신교 수녀님의 믿음에 존경을 금할 수 없었습니다. 그분은 누가 억지로 시킨 일을 견디며 사는 삶이 아니었을 겁니다. 견디는 마음으로는 그 결과물이 그렇게 아름답고 정갈할 수가 없습니다.

또 한 분의 삶이 생각납니다. '빗자루 수사'로 불리기도 하는 흔치 않은 카톨릭의 흑인성자 성 마르띠노입니다. 그는 흑인이지만 인디언 혈통을 가졌을지도 모르는 파나마의 해방된 여자 노예와 페루 리마의 스페인 귀족 사이에서 태어난 사생아였습니다. 그는 자기 어머니의 모습과 검은 피부를 물려받았습니다. 이것은 그의 아버지에게는 큰 불만이었기에 8년이나 뒤에 자기 아들로 인정했습니다. 그러나 그의 아버지는 여동생이 태어나자 가정을 버렸기 때문에 마르티노는 가난 속에서 컸으며 리마 사회의 하류층에 빠져들었습니다. 그 환경들은 결코 그가 스스로 원한 것이 아닌 삶들이었습니다.

그가 15세가 되었을 때 리마에 있는 도미니꼬 수도원에 자기 자신을 바치리라고 생각했습니다. 자기가 태어난 것은 완전히 이것 때문이라고 그는 생각했습니다. 그러나 그는 사제도 노동수사도 되려는 것이 아니라, 다만 수도원의 심부름꾼이 되려고 생각했습니다. 자기를 제외하고, 누구에게도 이 일은 하찮은 것이리라. 마르틴은 그렇게 생각하였습니다.

그는 흑인으로 태어났기에 버림받는 인종들을 끌어안았고, 사생아로 외면당했기에 불행한 사람들을 더 이해하고 돕는 삶을 살았습니다. 그에게 주어진 많은 평범하고 악조건인 천한 환경들로 인하여 오히려 주님을 바로 받아들이고 한없이 감사하는 이유가 되었습니다. 부자나 불행을 겪어보지 않은 사람들은 깨닫기 쉽지 않은 경험을 일찍 하게 된 것입니다.

1962년 5월 6일 교황 요한 23세는 마르티노의 시성식에서 다음과 같이 말했습니다.

"그는 다른 사람들의 죄에 대해 용서를 빌었다. 그리고 자기 자신의 죄에 대해서는 마땅히 훨씬 더 엄한 벌을 받아야 한다고 생각하고 가장 쓰라린 모욕까지도 용서해 주었다. 그는 자신의 모든 힘으로 죄인을 속량하려고 애썼다. 그는 사랑으로 병자들을 위로했다. 그는 가난한 사람들에게 음식과 옷과 의약품을 마련해 주었다. 그는 자신이 할 수 있는 한 최선을 다해서 농장의 노동자들과 흑인들 그리고 그 당시 노예와 비슷하게 간주되던 혼혈아들을 도와주었다. 그래서 그는 사람들이 그에게 '애덕의 마르티노'라고 붙여준 이름으로 마땅히 불릴 만하다."

마르띠노 수사는 늘 이렇게 기도했습니다.

"우리 주님께서는 당신 자신을 저에게 내주셨습니다. 저도 그분을 위해 저 자신을 바치겠습니다. 주님! 저를 힘겨운 사람들, 세파에 지친 사람들, 병고에 시달리는 사람들, 불행한 사람들을 돕기 위한 도구로 써주십시오."

이 일화는 그의 고백이 어떤 수준인지 보여줍니다. 당시 도미니코회가 재정난에 허덕이자 이렇게 말했습니다. "제발 부탁입니다. 요즘 수도원 경제 사정이 어렵다는 말을 들었습니다. 그런데 저는 노예이자 수도원의 재산에 불과하니 저를 팔아서 수도원 빚을 갚아주십시오."

그가 자기에게 주어진 운명과 환경을 선다는 것으로 살지 않았음을 보여줍니다. 재미도 없고 우울할 수밖에 없을 삶을 견디는 수준이 아니라 스스로 기도하고 고백하는 그대로 살았다는 것을 봅니다.

물론 아무리 마음을 비우고 아름다운 기도를 올리며 살겠다고 각오해도 변치 않는 것이 있음을 압니다. 하루 종일 아픈 사람과 씨름하며 보이지 않는 걱정거리들, 하지 못하는 일로 화가 나서 사는 삶이 분명 현실로 존재한다는 것도 압니다.

이 글을 정리하는 동안 어제 다녀온 병원에서 전화가 왔습니다. 검사 결과가 좋을 때는 문자로 알려옵니다. 다음 예약한 날짜에 오면 된다는 내용으로. 하지만 검사결과가 좋지 않아서 바로 항암주사를 맞아야 할 때는 전화로 옵니다. 통화를 하고보니 영락없습니다. 3일 뒤 다시 올라가서 하루 종일 항암 주사를 맞기로 했습니다. 여독이 채 풀리지도 못한 사이에 또…이 만만치 않은 나날들이 제 앞에 놓인 삶입니다.

그럼에도 제게 입으로, 말로, 글로 그치지 말고 재미없을 오늘과 희망 없을 내일을 다르게 살아보라고 자꾸 권합니다. 주위 분들을 통해, 말씀을 통해, 주님이 목숨을 주고 다시 살려낸 우리의 생명이 귀하다는 것을 잊지 말라고. 그래서 견디고 또 견디며 빕니다. 정갈한 식탁과 음식을 만들어 낼 마음을 주시고, 빗자루를 잡고 살다가 어느 날은 내 몸을 팔아서 무엇인가를 구하는 마음까지 주시기를...

　　모두 다 주님의 것 - 희망으로 김 재 식

　　땅과 그 안에 가득 찬 것이
　　모두 다 주님의 것입니다
　　보이는 것과 보이지 않는 것도
　　모두 다 주님의 것입니다

　　사랑도 미움도
　　믿음도 믿지 않음도
　　모두 다 주님의 것입니다

　　재산이나 출세는 내 것이고
　　가난이나 실패는 남의 것이라고
　　몸부림치며 땅에 매여 살 때도

　　주님은
　　제 근심을 가슴에 끌어안으며
　　아픔을 다독거리며
　　그조차 모두 다 내 것이라며
　　너희는 다만 희망을 가지라 합니다.

　　안 겪어본 것 없이 겪으며

한 바퀴를 돌아 제자리로 오니
내 인생은 주님의 것임을
쥐꼬리만큼 조금씩 인정합니다.

'어쩌면 그럴지도 모른다고.'

작가의 말

"당신에게 보내는 편지 시 100편을 써서 책으로 만들어 선물할께!"

그렇게 결혼할 무렵 큰소리를 펑펑 쳤다.
명색이 국어과를 다니며 '글밭'이라는 비정기적 문예지까지 주동자가 되어 발간했던 시절이었으니 '그까지 꺼 뭐 대충해도!' 그런 오만이었다.

하지만 보기 좋게 만만치 않은 삶의 고단함에 한 방 먹고 말았다.
10년이면 되리라 예정했던 시일은 20년이 지나가고 있었고, 100편의 절반 50 편에서 멈춘 채 길을 잃은 나그네가 되고 말았다.

아이들 셋, 옮겨 다니는 직장, 허덕거리며 끌려가며 살던 그 와중에 아내는 희귀 난치병을 얻어 사지마비로 자리에 눕고 말았다. 24시간 잠시도 곁을 떠나지 못하는 간병인이 된 나는 모든 꿈과 계획들을 접어야 했다.

6년만인 2013년 시집대신 오마이뉴스에 '여보 일어나'라는 간병일기를 연재하면서 위즈덤하우스에서 〈그러니 그대 쓰러지지 말아〉라는 간병일기를 책으로 내어 아내 손에 쥐어주었다. 삶은 시처럼 되지 않고 더러는 간병으로 채워지기도 하더라는 예측불가 운명을 보여주는 사례가 되었다.

책이 나오고 '새롭게하소서' '강연100도씨' 등 여기저기 TV와 라디오 방송도 나가고 집회도 가서 우리를 소개했지만 삶은 끝나지 않고 계속되었다. 그리고 속상하고 억울하지만 너무도 당연히 간병일기는 계속되었다. 살아 있는 동안은 모든 것들은 계속 되는 법인가 보다. 행복하든지 고통스러운 불행이든지 상관없이...

솔직하게 생각해보면 어디 내 처지만 별난 삶일까? 우리 모두는 조금씩 종류가 달라도 각자 자기 인생이라는 그림을 완성시켜가는 화가들이다. 어쩌면 자기 드라마의 주연배우들이고.

그런 생각으로 누구나 경험하는 일상의 느낌과 꿈들을 묵상하는 심정으로 한 편 한 편 쓰고 묶었다. 시 100편의 약속을 생각하면서 100편으로. 거의 아내를 향한 내용들이고 솔직한 내 마음들이니 시집대신 받고 '퉁'쳐주고 용서해주시라 아내여!